这次是真的要说再见了

喜欢是小心翼翼想要触碰
却又收回手。

你一直在跑，而我已经不再有机会，像好多年前那样，能够站在你的身旁。

听说 你 还 回忆我

林栀蓝

Lin
Zhi Lan

著

你都如何回忆我 / 带着笑或是很沉默

北京燕山出版社

图书在版编目（CIP）数据

听说你还回忆我 / 林栀蓝著 . -- 北京 ：北京燕山
出版社，2022.9
  ISBN 978-7-5402-6614-1

  Ⅰ．①听… Ⅱ．①林… Ⅲ．①长篇小说－中国－当代
Ⅳ．① I247.5

中国版本图书馆 CIP 数据核字（2022）第 140210 号

听说你还回忆我

林栀蓝 著

出 品 人：余　言

责任编辑：李　涛

特约编辑：蓝蓝子

封面设计：吴思龙 @4666 啊

出版发行：北京燕山出版社有限公司

地　　址：北京市丰台区东铁匠营苇子坑 138 号 C 座

邮政编码：100079

电　　话：（010）65240430

印　　刷：长沙鸿发印务实业有限公司

开　　本：880 mm×1230 mm　1/32

印　　张：9

字　　数：208 千字

版　　次：2022 年 10 月第 1 版

印　　次：2022 年 10 月第 1 次印刷

书　　号：ISBN 978-7-5402-6614-1

定　　价：45.00 元

新版自序

我喜欢你好多年

我想过很多次，要回答这个问题。

从《听说你还回忆我》连载，再到真正出版上市，这大半年时光中，有过很多很多人问我：用十九年喜欢一个人，不觉得辛苦吗？

十九年听起来很可怕吗？我好像不觉得很久啊。

就好像书里有写到的，这十九年间，有整整五年，我没有和顾潮生联系。

这五年里，他看过北城的雪，吹过南海的风。而我只要一想到这些统统是我不曾参与的时光，就觉心如刀绞。

可能有人觉得奇怪，那么喜欢一个人，怎么能忍得住五年都不去找他？

那么喜欢一个人，怎么受得了十九年缄口不提？

这些年里，我也有很多次想要脱口而出的念头，可我不敢啊。我真的特别特别害怕，哪怕只是十万分之一的概率，我会从此失去他。

他可以不喜欢我，可是如果连朋友都做不了了，我想我一定受不了。

但，我又很矛盾。

我五年都没找他，以为自己会渐渐放下。

可事实却证明，就像杨过等了小龙女十六年。世人觉得时光漫漫，而我觉得时光匆匆，没有他的那些时光，从来都是脚步匆匆。

以至于我回头去看，才发现时光真的已经走了太久太久了啊，原来已经回不了头。

"十四岁的罗密欧与朱丽叶是不懂爱情的，懂爱情的不过是莎士比亚。"

当年的我也尚不懂爱情，懂爱情的不过是多年后回望过往时，固执不愿说后悔，却心有不甘的林栀蓝。

写《听说》时，我几次三番差点就进行不下去。每次我写到痛苦得连自己都不忍回顾的片段，与回忆的殊死搏斗，与念念不忘的生撕拉扯，与耗费余生的激烈对峙。这种把自己的回忆撕裂，并狠狠撒一把盐的过程，让我不愿意继续。

我是想过要放弃的。

但我跟自己说，如果不写，如果不说，可能我这五年空白时光中所承受的思念，就永远，永远都没机会让他知道了。

毕竟，他不会坐下认认真真地听我讲述，更不会让我逐字逐句向他解释，对他诉苦。

解释什么呢？

五年前，无论我是害怕再爱他也好，还是真的想从此与他死生不复相见也好，毕竟是我状似决绝地选择了离场，是我做了那个先转身离开的人。

故事或许会有结局，可我和你呢？

《听说》全国发货以前，我去印厂签名，回来时，只捎出来两本样书。其中一本，我寄给一个正要过生日的好友，另一本，则快递给你。

我还记得在这之前，曾信誓旦旦跟自己说，我才不要主动送书给你，你想看就自己去买好了。可没出息的我，还是食言了。

扉页上，我写了五个字给你：海内存知己。

快递没有让我失望，你果然是全中国，《听说》的第一个读者。

你收到书后没多久，就发来一张照片，然后说：错误。

我点开看，果然是一个让人心痛的错别字。可我似乎又应该感谢这个错字，不然，我怎么知道你竟然看得这么认真。

又过了个把小时，你发来另一张照片——里面是你直到现在还深深喜欢的人出现的那一页。

这一次，我点开小图的时候，冷不防一怔。

我看到了什么？

我竟然看到你在那一页，折了一个角。

顾潮生，我写了一本书给你，十几万字。我喜欢你十九年啊，可是，那又怎么样呢？你收到我的书，然后，在傅湘出现的那一页，轻轻折了一个角。

你别告诉我，你只是刚好看到那一页，然后去了趟洗手间。

顾潮生，你能明白那种感觉吗？

就像是我为你画了一幅山水画，而你却说，看着这山水，忽地想起你曾经心爱的姑娘。

若我说我一点儿也不难过，你信吗？

我是从没见过火光的飞蛾，想朝你的方向飞，即使明知要坠毁。

可我心疼你，这是真的。

你有你的刻骨铭心，我有我的念念不忘。

还记得这五年空白的时光中，我常常会做的那场梦吗？

梦里，雨夜，无论我如何努力，你的电话都是我始终拨不对的一串号码。

她们说，这个梦好恐怖。

因为现实里到不了的地方，连梦里竟然都不可以。

是啊，十九年了，你还是跑得和以前一样快。

你一直在跑，而我已经不再有机会，像好多年前那样，能够站在你的身旁。

可我不后悔我曾爱过，只是天涯从此寂寞。

前些天，我看到一个读者说，有一句她特别喜欢的话，想要送给我：他可能没做什么，也可能不小心做多了什么，就无辜被你大爱一场。

你从来都不曾做错什么，而我，也再没有遗憾了。

林栀蓝

2015-4-27

★ 2015 年 4 月，《听说你还回忆我》全国上市后，我写下这些文字给你。如今《听说》系列再版，我任性地将它收录其中。这是我对我们之间的十九年，最真诚的注解。

/目 录/ CONTENTS

1

第一章

也许我们唯一的问题
是慢慢成为知己

年初一的晚上，我和阿宝一起去看了场电影。

散场时夜色已深，路边只有便利店还开着门，我进去拿了听啤酒，似乎想给自己找个冠冕堂皇发酒疯的理由，扯开易拉罐，仰起脸，咕咚咕咚，几口喝光。

我踩着高跟鞋，酒精上头，一时间连路都模糊了，但方才电影里的那句台词，却在脑海中无比清晰。

影片中女主深爱男主十四年，十四年中她从没说破。每次他失恋，她都陪在他身边，却在最后，得知他已与别的女生订了婚约。

相识的第十四年，在自己的婚礼上，她哭着朝前来参加婚宴的他不管不顾地大吼。

她说："这十四年里，我爱了你十四年，你不可能不知道！"

阿宝不知我为什么哭，但我已被这句台词刺痛得泪如雨下。

十四年算什么，顾潮生，我认识你十九年！

十九年中，我也喜欢你十九年，难道你从不知道？

泪眼蒙眬中，我勉力拉着阿宝的胳膊，生怕自己会在下一秒掏出手机，问遍所有老同学，找寻顾潮生的号码。

五年了，五年中我全无他的任何消息。

所有人都不清楚，我们不再联系的原因。

我躲了顾潮生五年。

我甚至不清楚，顾潮生现在想起我的名字，听人提起我，会是怎样的表情。

但我只要一想起他委屈的眼睛，只觉得内心激烈翻涌，回忆像头凶猛的兽，不分轻重将我袭击得轰然倒地。

我认识顾潮生的第五年，春天一次小考，我考了双百分。

隔月数学测验，顾潮生坐到我前排。同桌女生眼冒红心告诉我，她很喜欢顾潮生。

巧的是，顾潮生却在开考前凑到我座位边，冲我笑说："温澜，待会儿我们对下答案吧！"

我诧异地看着他，他解释说因为怕粗心出错，所以想和我对下。同桌女生已经不管我表情，激动得一口帮我答应。

那次小考发成绩单，我和顾潮生同样满分，拿到试卷时，顾潮生从隔壁小组偏过头来，冲我调皮一笑。

他笑起来很好看。

我竟然被那个笑容蛊惑般，脸颊不自觉微微发烫。

新来的老师破例安排我们一起管纪律，他负责男同学，我负责女同学。谁不服管，我们就有权扣谁的分，并且可以随意罚人抄作业。

这份生杀大权，被班上同学们称为"计分"。而这个词的方言非常微妙，有时大家喊到我们名字，一顺嘴就会直接喊成"结婚"。

每次因此闹得班里哄堂大笑，我都会忍不住偷瞄顾潮生，他总坐得一本正经，完全不受影响的样子。

班上好几个女生喜欢顾潮生。

起初同桌女孩跟我表达这个观点时，我还非常冷艳高贵地嘲笑她们："顾潮生？他有什么好的？还不就成绩好点，长得顺眼点？"

那时我不懂爱慕，要说脑海中涌现的念头，恐怕也只有简单的一条，那就是：绝不盲目跟风！

或许是被洗脑的频率太高，我开始无意识关心起顾潮生的一切。然后，我就很巧合地发现，他跟我住一个家属院，并且他放学回家总要经过我家。

有次我偷偷摸摸地跟在他身后，亦步亦趋，快到家时忽然被刚巧出门的妈妈撞见。她竟然也看到顾潮生，甚至露出一副万分惊讶的表情，赶忙把我拉到一旁，见顾潮生渐渐走远了，才小声问我，和他是不是同学。

我茫然点头，她有些吞吐，然后很快拉住我："走，跟妈去买菜。"

可说着却又领我往顾潮生回家的方向走去。

路程五分钟不到，我便看到顾潮生拐进一条狭窄的小巷，妈妈硬拉着我跟上。

出现在眼前的，是个挺破的单幢小瓦房。

老旧的纱门半敞着，里间传来顾潮生清脆的声音："妈，我回来了。"

"我们温澜记得离他远点。"妈妈说这句话时的表情我还能清楚记得，"男生女生之间，不能走得太近。"

没等我追问，她已经迫不及待叮嘱我，说是顾潮生家里穷，爸爸重病在床，时刻需要人照顾。

"尤其像顾潮生这样的男生，你更要保持距离。"她揉了揉我的头发。

我似懂非懂，心中却对妈妈所说的理由并不太理解。不知怎么回事，我倒想起班上女生对他的崇拜，以及我不愿意跟风的自成一派的态度。

分明有些心疼他，我却忽然顺从地郑重点头，似乎是在向全世界表明立场："妈，我怎么可能和他走得近？"

事实证明我的确有点儿口是心非。

后来，我不但多次跟顾潮生在小测验时互对答案，并且暗自为此忍不住得意。

一想到那一票垂涎他的女孩子想接近他而不得章法，我就觉得自己十分拉风。

再后来，爱学习的班长大人组织出黑板报小分队，我和顾潮生分别应邀加入。冬天傍晚天黑得早，板报还有一天制作时间，眼看就有老师抽查。周四放学，我们几个都留下，写写改改不知不觉就逗留了好长时间。

当班长出去转了一圈后，来通风报信，说整栋教学楼已经人去楼空，就连楼下的大铁门都已经上锁时，我们忽然都有点慌了。

只有顾潮生似乎一点儿不担心。

"要是今天晚上我们都被锁在里面出不去，你害怕吗？"他故意做个吓唬我的表情，"温澜，你猜我们学校有鬼吗？"

我被他惊得整个人一颤，却佯装镇定。但他还是瞬间捕捉到我颤抖的小眼神，趁机往我肩膀上猛地一拍！

"嘿！"

我立刻吓得倒退三步，他得意地笑起来。

那一刻明明他在欺负我，我却一点都不讨厌，反而觉得……他的举动很可爱。

可爱到让人忍不住想要靠近他。

而我的心，却像从这时起，便被他埋下一颗悲伤的种子。

他的笑，与他好看的眼睛，都由此成为我记忆中一张挥之不去的巨幅海报，每当夜深，我安静躺下想要入睡，闭上眼，脑海中便浮现这画面。

睡梦中我恍惚想要伸手触碰，却猝不及防地惊醒，然后悲伤地发现，周身只是一片寂静的夜。

没有顾潮生，他离我那么远，也就只有在这样的梦里，才愿意不经意地匆匆出现。

那一刻我想告诉他，如果有他在，那么夜深人静真有小鬼爬墙头，我大概也不会太害怕。

当然，不会真有这样的机会，让我来证明这个伪命题。

班长在楼上大喊大叫，成功搬来了救兵。

而我仍然每天假装不经意地尾随顾潮生回家。每次放学铃一响，我都会飞快收拾好书包，却迟迟不把文具盒放进书包里。

我在等。

等他先和小伙伴出教室，我再保持着几米开外的距离跟上去。

那段时间我最怕的不是被顾潮生发现我的鬼祟，而是怕被我妈抓包。

很久之后，顾潮生告诉了我一个秘密。

他说其实有一次，在学校门口他被我妈拦住不让走。他很诧异，完全不清楚状况，就没头没脑被我妈教训了一通。

"温澜你知道吗，那时候你妈妈多可怕，她让我不要在学校欺负你。"顾潮生夸张地比画，"我什么时候欺负过你？肯定是你跟她告了我的状！"

"那你为什么不来问我？"我不解。

顾潮生大概被我问住，以一贯的卖萌表情望向我："我怕！"

"你妈妈当时可凶了。"说完，他比我笑得还要大声。

我常想，如果能让我每天看到他的笑就好了。

一旦有了这样的贪念，我好像变得特别胆小。

考中学的时候，几乎所有同学都报了省重点。而班主任跟我说，以我的成绩完全没问题，何况平常测验比我分数低一截的同学，爸妈都在想尽办法找熟人托关系。

所有人都俨然一副非省重点不去的架势。

而这时我们的板报小组却在班长的带领下，拓宽出另一个新活动：每周五放学后，组团写模拟试卷。

会考这事就跟打副本一样，要多写测验题，才能熟能生巧地更有把握拿高分。我明明是冲着顾潮生去的，但我当然不会承认。

直到有次正写题，班长忽然问："你们都考哪里？"

大家七嘴八舌，答案却是一致的。轮到顾潮生时，他顿了下，说："我还没决定。"

我一怔，很快意识到什么般，接下来的日子里都想尽办法对他身边关系好的同学旁敲侧击。

只是没想到，最后带给我答案的竟会是我妈。

"你们班的顾潮生啊，你不是说他学习挺好的吗？可惜了。"有天正吃饭，妈妈忽然流露出八卦的口气，"听说家里念不起省重点。"

省重点颇有几分贵族学校的架势，尤其在费用这一块，这点班主任早跟我们提过。

那个年纪，学费多少在我心里的概念其实非常模糊，我只是很快捕捉到一个重点，那就是如果我也去考省重点，就一定会和顾潮生分开。

分开的概念，就是我再也不能悄悄当他的小尾巴，和他一起上下学。

我不愿意和顾潮生分开。

所有人去考省重点那天，我特地提前一晚偷偷吃掉了冰箱里的半个西瓜，然后意料之中地犯了肠胃炎。

再后来，我去考了市重点。暑假里，我心满意足地得知顾潮生也已经拿到市重点录取通知书的消息。

有时候我想，若不是放弃了这场考试，或许顾潮生对于我，也会像其他关系亲近的小伙伴那样，被渐渐遗忘，纵使当初记忆再深刻，但毕竟年纪尚小。

经历时光的洗涤，很多记忆终究都将被抹去。

他可能成为我回想起来，就觉得曾经有些喜欢，却又逐渐模糊的一个影子。

我可能因此遇到别人，也可能注意到其他类型的男生。

但这些都因为一场我执意不去的考试，而变得不一样。

即使因为缺考而被爸妈关了一个暑假不让出门，只准在家乖乖预习跟哥哥姐姐借来的新学期课本，我仍然做梦都要笑出声。

去中学报到那天，天气特别好，我跟妈妈一起，绕过半座城市，总算抵达目的地。

下车我就迫不及待一路小跑向校门口，我妈跟在我身后，我在布告栏的分班表前停下，迫不及待地寻找顾潮生的名字。

说来也奇怪，整个假期我都在为可以和顾潮生继续同校这件事兴奋，完全没担忧过，我们也完全有可能被分在两个不同的班级。

但我也没想到，好运竟然就这么惊喜地降临。

顾潮生的名字虽然没和我挨着，却那么恰恰好地和我被圈在同一个框框里。

很多年后，我都能清晰地回想起当时的自己有多高兴。但我不敢表现得太明显，害怕被任何人发现我的欢喜。

这时，我的肩膀冷不防被人拍了下，扭头便看到顾潮生正微笑站在我身后。

"温澜，我刚看到我们一个班。"他看起来似乎很开心，"以后我等你一起走吧。"

他偏着头，望着我，眼睛亮闪闪的，特别好看。

阳光下，顾潮生的笑容，和分班栏那块写满粉笔字的黑板，一并停留在我记忆中。

我没想到，自己不但能和顾潮生分在一个班，竟然还能以后都和他一起上学。那一瞬间，我想到自己吃下的半个西瓜，值了。

一想到之前觊觎顾潮生的那些女孩子，都远没我这么好的运气，我就觉得自己像是中了头奖。

当然我觉得我肯定是演技派，因为我当时只是矜持地冲他点点头，不能更淡定地对他说："好啊，明天早上几点？"

如果说这个令人欢快的时刻，也会有点让人郁闷的事情发生，那么应该是回家的路上，我妈再三叮嘱我："跟顾潮生一起上学可以，但妈必须告诉你，以后等我们温澜长大，要找男朋友，可千万不能找他这样家庭条件的。"为了让我更清楚她的意思，她还认真对我解释，"妈妈知道你现在小，但妈妈必须早点提醒你。"

即使这样，我仍然有点反应不过来，并且内心深处还不自然地有了一种担心被人猜中心事的紧张。我赶紧佯装镇定地道："什么男朋友啊! 怎么可能?"

我妈总算有点满意地点了下头, 而我有点好奇地追问: "顾潮生家是什么样的啊?"

"没钱, 家里还有病恹恹的老人需要照顾。"虽然事隔多年, 我仍然记得我妈当时略显市侩的表情, "你还小, 不懂, 但记住妈妈说的话就对了。"

也许就因为这样, 那时的我潜意识里更加担心被人知道我喜欢他。

可有些念头, 越是刻意逃避, 越无可规避地, 成为心头的挥之不去。

我花了很多年, 直到顾潮生已经真正离开我的生活, 我才终于敢向自己承认, 我喜欢他。

认识他十九年, 我甚至也不清楚这份喜欢是从什么时候开始的, 反正我喜欢他。

也许因为他和我一样名列前茅的成绩, 也许因为他是第一个闯入我视线的男孩子, 也许因为他和我住得很近。

也许, 就只是因为这份喜欢一直被人提醒着"不许"。

我为自己的念头找寻过林林总总的原因。

他们都说, 喜欢一个人是不需要什么理由的。

我承认, 我也不清楚我为什么喜欢顾潮生。但后来的我迟钝地发现, 因为接近他, 所以不自觉地被他影响。

他的很多想法, 后来都顺理成章地左右了我的想法。

也许喜欢一个人, 就是情不自禁成为和他相似的人, 想要通过自己的努力站到他身旁, 不再是只能仰望。

不管怎么说, 这之后我可以光明正大地走在他身边, 和他一起去学校旁边的书店，买学习资料、参考书，也一起在小摊吃麻辣烫。

当时，我特别天真，天真到觉得只要能陪在他身边，不管是以什么身份，只要能和他接近，那就够了。

直到我发现，事情根本不是我想的那样。

顾潮生，他就像是随时会在阳光的照射之下发出通透光亮的钻石。除了我，还有很多人看得到他的漂亮。

第一堂语文课，老师说选两位同学，进行分角色朗读。她环顾教室一圈，喊了一个女生起来念旁白，然后又看了遍班级花名册，才说："顾潮生？你和温澜是同学吧，你们俩起来，念男女主的对话。"

我脸一热，赶紧站起来，看着几组之外顾潮生挺拔的背影。班上同学轻轻发出一阵嘘声，然后便是噼里啪啦的掌声。

这在当时的我看来，有一种隐秘的快乐。

像两年前，我和他一起称霸全班地负责给其他同学"计分"时那样，被所有人调侃我和他的熟悉与亲近，虽然或许还没真的那么近，我已经要欢欣雀跃。

我忽略了这场朗诵里，还有第三个角色。

陶姜在那节课后，跑到我座位边来找我聊天。她的大眼睛看起来天真无害，在完全陌生的学校，除了顾潮生以外没其他任何熟悉同学的班级，她是第一个来跟我说话的人。

她也成为我初中第一个好朋友。

开学后不久我生日，我喊陶姜去家里吃饭一起玩，她开心地答应，问我还有谁。我说只有她。她有点微妙地点点头。

那天刚好周末，我一早去车站接她，她下车和我一路边走边聊，忽然说："顾潮生也住这附近吗？"

女生的直觉其实很准, 虽然她只是看似不经意地提起, 我却立刻注意到她透着光亮的眼睛。

"我们会路过他家吗?" 陶姜抓着我的胳膊, 眼里满是好奇。

我忽然有些没来由地反感, 甚至想问她, 究竟是来给我过生日, 还是想知道顾潮生的家住哪里。但那一刻, 我脑子里蹦出个坏主意。

"会啊。" 我故意欲言又止, "不过……"

"怎么了?"

我摇摇头, 一副我不能说、不太好说的表情。

好奇害死猫, 陶姜被我的表情成功蛊惑, 摇着我的胳膊撒娇: "你说嘛, 告诉我嘛, 我不告诉别人。"

我想了想, 抛出了我妈教我的那句: "顾潮生他们家条件很不好, 他爸常年卧病在床, 家里又穷。" 还尽力模仿着这句话该有的那种特别感慨的口气。

其实, 我有点心虚。

一想到如果有一天, 不小心被顾潮生知道, 我说了这样的话……想到他失望的眼睛, 我会忍不住有些后怕, 甚至, 还有些责怪自己。

毕竟这样, 也算是我偷偷做了伤害他的事情。

但说出去的话却已是覆水难收。

我幼稚地企图用这样的方式让陶姜别再注意顾潮生, 我以为会有效的, 但我很快发现, 我居然失败了。

顾潮生在几天后的体育课上, 就提到了陶姜。

"你和她关系很好?" 因为是自由活动, 顾潮生也有点犯懒地凑过来找我聊天, "她来跟我说, 想我们每天放学等她一起走。"

"她和我们顺路吗?" 我特别惊讶。

"对啊, 我也是这么问她的, 但她说没事, 就送我们到车站坐车就行。"顾潮生看我一眼，眼睛笑得眯起来，"所以我说你们关系真好啊，她对你不错吧？"

我不知道该怎么接话，只好磕磕巴巴地点头："嗯，是啊。"

也是从那一刻起，我意识到在其他女生眼中，我成了她们想接近顾潮生，从而选择的捷径。陶姜和我聊天总是三句话不离顾潮生，并且一副"你不是和他老同学嘛，我们又是闺密，你一定要帮我"的表情。

而顾潮生，他大概觉得陶姜活泼可爱，所以每次我们三个走在一起，总是他俩话题密集，我不太吭声地在一旁听。

直到顾潮生的好哥儿们何毕从外校来找他，我们三个站在学校不远处的体育馆，顾潮生请我们吃炸春卷。其间何毕拍他的背，调侃道："你觉得她怎么样？有戏？"说着指指另一边，正在凉面摊前冲我们仰起脸笑的陶姜。

我屏住呼吸，那一刻简直比自己告白时还紧张！虽然我也没告白过。

顾潮生却没让我的心悬太久，他洒脱地一挥手："怎么可能！"

从那个非常强大的气场里，我似乎明白过来，他早察觉到陶姜喜欢他，但她大概不是他的那盘菜。我有点欣喜，恨不得凑过去告诉他，那你以后就别让她和我们一起走了啊。

还没等我想到阐述这个提议的切入点，何毕又一脸更欠揍的表情，跟顾潮生勾肩搭背地戳了我一下。

"那温澜呢？"他笑得高深莫测，"我说，她怎么这么听你的话？"

他见到我们才不过短短十几分钟，哪只眼睛看到我"听话"，难道就因为我温顺地在一旁等他们买零食？

我疑惑。

刚要反驳，顾潮生已经先我一步，替我回答："她一向这么好脾气啦。"

这句话，我记了很多年。

一想到，原来这便是我在顾潮生心里的最大标签，我的心竟然有点儿刺痛，说不出是沮丧，还是别的什么。

我脾气好，所以从没生过他的气，就连开玩笑地白他一眼，也从未有过。我脾气好，所以他找我的时候，从来不想为什么我每次都会轻松出现，从不爽约。

他不知道我每次轻描淡写地答应陪他去这里或那里，其实暗地里推掉多少其他朋友的约。

有年春节，家里来了一拨亲戚，妈妈喊我一定乖乖陪大家聊天，别乱跑。我却因为顾潮生一个电话，半路落跑，最后被一通痛斥。

他说他想去超市逛逛，问我："你有空吗？"

我假装为难，其实只是不想让他一眼看穿我其实很高兴。

我们边散步边朝超市走，顾潮生说他特别爱逛超市："我想过好多次，以后可以和我喜欢的人一起逛超市，买她爱吃的，还有我喜欢的零食。"他这么说。

顾潮生喜欢各种各样的零食，他在前面一边走，一边往推车里丢大包小包，我跟在他身后，偷偷记下他喜欢的口味和牌子。

他说他喜欢喝酸奶，最讨厌吃芹菜和香菜。

我没有告诉他，我记下他的好多习惯，都是从这时候开始的。

每次我和他一起在超市里一磨蹭就是一两个钟头，从一楼的柜台晃悠到三楼，我都有种和他真的是一对恋人的感觉。

想到他说希望以后可以和喜欢的人一起逛超市，我就觉得我好像提前享受了这个待遇一样，偷偷高兴。

所以，当后来他和他喜欢的女生一起，频繁出入各大超市，并且在我面前一再提到她的喜好，她爱吃这个，又不吃那个时，我才会因为有落差，而没法不难过吧。

后来我听过一首歌里唱道："也许我们唯一的问题，是慢慢成为知己，不习惯用暧昧的语气，来分享我们的秘密。然后你和我假装很满意，很满意我们现在的关系，其实只为了一辈子，能在一起……"

我在听到这首歌的深夜抑制不住地大哭。

想到和他也不过因为慢慢成了知己，就好像再也退不回去，回不到最初见到彼此的时光，回不到那时候的身份。

就像那部电影里，女主所说的："我恨我和你是同学，那么早认识你。"

如果晚一点相识，若不是从朋友做起，也许一切都会不一样，也说不定。

虽然顾潮生跟何毕说，我只是因为脾气好，所以才对他不错，但这样看似冠冕堂皇的理由，却仍让我有些说不上来的心虚。

尤其面对班上那群起哄的同学，每天八卦我们同进同出的亲密指数，流言纷扰，我担心不管是我被人看穿，还是迫于流言，我最后都要被迫和顾潮生保持距离。

毕竟在当时的年纪，早恋是个天大的问题。

像我妈时刻要担心我被顾潮生拐跑那样，班主任也虎视眈眈地盯着我们。

这样的压迫下，我感觉我必须做点儿什么。

虽然顾潮生总比我快一步，这次的消息却不是他亲口告诉我的。课后，陶姜坐到我旁边，非常郁闷地对手指。

我懒散地问她:"怎么了?"

还以为她又想跟我打听什么顾潮生的喜好,却没想到,她深吸了口气,一脸悲痛:"温澜,顾潮生还没跟你说吗?"

我心想发生了什么他要跟我说?于是非常诚实又不明所以地摇头。

陶姜又叹了口气,低下头去,良久,才轻声说:"顾潮生和青蔓告白了。"

我猛然一惊。

要知道算起来,我们才刚入学不久,青蔓已经是公认的校花,漂亮到女生艳羡,温柔到令人挑不出毛病。

我这才有些迟钝地回想起开学当天,所有同学都是自由选择的座位。我到得早,理所当然坐在比较中间的好位置。

身旁明明还有空位,顾潮生领了课本进教室的瞬间,我抬头看他飞快环顾教室,竟没走到我身边。

他选了靠窗第一组,挨门边的位置坐下。

这样的座位没道理是首选,我当时还不明白他怎么想的,甚至以为他觉得公然和我坐一起过于招摇。

事实证明,是我想太多。

我在这样不太成立的自我催眠里,选择性忘记了这件事情。

而现在回忆,才发现,分明当时他后座的位子上坐的是青蔓。

原来,从那么久之前,他已经一眼便注意到她的存在。

但我第一反应仍然是怀疑自己的听觉出了错,我不可置信地扭头盯着陶姜:"什么?"

"真的。"陶姜的声音很小,"我听青蔓的朋友说的,顾潮生给她写了封信,她没回,托人传话给他说对不起。"

如果说当时的我还不清楚青蔓在顾潮生心里的分量，那么很久之后回想起来，我才发觉，她是唯一一个让顾潮生莽撞去表达心意，甚至于不怕失败也要勇敢说出口的女生。

　　我有点儿唏嘘。

　　但我很快又催眠自己，我再难过有陶姜难过吗？她那么在意他，每天跟在他身后转，用力得只差不能昭告天下。

　　我不过是顾潮生的好朋友，不需要在这里伤春悲秋，像什么话！

　　想通了这一点，我坦然加入讨论："原来他对青蔓……真没想到……"

　　我感觉我演得挺像那么回事，因为陶姜感受到我的附和，有些悲伤地把脸靠在了我肩膀。她说："温澜，我想哭。"

　　说完，她轻轻闭上了眼睛。

　　她的睫毛很长，眼泪从中匆匆落下。而我不知如何安慰，对她说"别难过了"吗？这样的话，根本连自己都安慰不到。

　　顾潮生没主动跟我提到青蔓半个字。

　　我照常和他一起上下学，而他看起来，似乎从没写过什么信给别人，也半分瞧不出被拒绝的人该有的悲伤。

　　我们的座位倒是很巧合地换到了一起。

　　我的新同桌是个脾气很差，偏偏又很毒舌的娘娘腔。顾潮生坐他身后，偶尔抬起脚踩到他椅子腿儿中间的横杠，都能惹得他瞬间扭头，恶狠狠地瞪上一眼。顾潮生吐吐舌头，表示"我不是故意的"，他同桌的女生却气场满格，操起文具盒猛地往桌上一撂："看什么看？"

　　后来，她成为我和顾潮生的双人小团体里出现的第三人，也成为我真正意义上的闺密——阿宝。

那段时间，我们三个经常在上课时叽叽喳喳说八卦，被老师怒目而视的次数多了，还稍稍学乖地找了个作业本，从最后一页开始，当字条写。

本子在三个人之间传来传去。

有一次，我看到阿宝在上面写：你对青蔓？

然后在这个问句上加了个箭头，指着顾潮生的笔迹。

我非常懂形势地在旁边打了个着重号，意思是：同问！

顾潮生接过作业本，愣了下，抬头冲我们两个暧昧一笑，这便是默认了。

阿宝接着写：那陶姜呢？

顾潮生的表情竟然瞬间急躁，方才的腼腆一扫而空，他拿笔用力地在原处画了个很大的叉。

阿宝笑着拿胳膊肘撞他一下，小声调侃道："没青蔓漂亮吧？我估计你也……"

我连忙装作心领神会地点点头。

顾潮生嫌弃地丢给我们一个白眼，把没写新内容的本子塞了过来，一副傲娇样。

阿宝一把将本子拽过去，又写：我管你和青蔓怎么样，反正最后别是陶姜就行，她以前跟我同班，成绩不好，而且还和几个男生都走得近。

本子在我和顾潮生手上转了一圈，我留心去看顾潮生的表情。

也许从那一刻开始，陶姜在他心目中的位置就已经大幅度降低。

学生时代，对一个人的印象其实很容易受其他人的蛊惑，所有人都不喜欢、不想亲近的那个，你也不好意思去接近。

阿宝又拿笔戳我两下，我把身子往后靠一点，就听到她压低了声音说："你以为陶姜真心跟你玩呢？笨蛋都能看出来，她是觉得你和顾潮生关系好，才来和你做朋友，你别跟我说你感觉不到？"

这时候下课铃响，我忍不住看一眼陶姜的背影，想到那天念完课文，她来找我时，笑得特别甜的表情。

如果说那时候我是真的以为她想和我做朋友，那么现在我是不是还要再骗自己说，她是先注意到我，才因为我而注意到顾潮生？

这样想了想，却无法说服我自己。

我其实觉得有点伤心。

时间过得很快，转眼快放寒假，而我似乎在不知不觉中疏远了陶姜，跟阿宝走得越来越近。

班主任教我们语文，阿宝和顾潮生在她眼中是绝对的语文尖子，而我和他们恰好相反，数学常常满分，但一想到语文书上后半部分密集的文言文，我简直眼冒金星。

因为座位挨得近，我们三个不但延续了以前考试互相对下答案的传统，更是在寒假作业提早发下来后，相约要每人负责一科，早日完成任务后可以彼此交换抄一遍。

我自然包揽数学、物理，他们俩分别负责语文、地理、生物、政治几科。为了让整个假期能过得无负担，我们不管上课下课都在玩命赶作业。

坐我边上的娘娘腔对此表示非常不满意，最令他不满的是，我们居然不主动把写完的部分拿给他照抄。

娘娘腔的杀手锏是碎碎念，为了向我们表达他的不满，他无时无刻不在我耳边叽叽喳喳。

对这样"唐僧的状态",我还没找到一劳永逸的解决办法,而阿宝到底比我脾气火暴,说起他来毫不费力。

一旦"两兵交战",只能是我和顾潮生在一旁不厌其烦地拉架。

后来阿宝有了个鬼点子。

为了给他点颜色看看,阿宝把放在教室后排的一张断腿不能坐的椅子,换到了娘娘腔的座位上。

上课铃一响,娘娘腔火速冲进教室,毫无防备地一屁股坐下。

"啪!"一声巨响响彻了整间教室。

他不出意外地摔到地上,四仰八叉地大呼好痛,任课老师进来,发现教室里已经乱成一团。因为娘娘腔平时也嘴贱地得罪过不少其他同学,所以此刻大家竟然下意识鼓起掌来,教室里瞬间掌声雷动。

阿宝被大家的欢呼声称赞得只差没抱拳喊一句"承让"。

娘娘腔倒在地上,头一次娇弱得半天没爬起来。

班主任飞快地从别班赶来处理状况,娘娘腔此刻得理不饶人,大喊:"他们欺负我!"说着还觉得力度不够,就地"哇"的一声大哭。

我们所有人被哭声震住,加上班主任想把我们扔出去的凶狠目光,大家纷纷噤声。我和顾潮生、阿宝彼此交换了下眼神,大意是:静观其变。

事实证明,沉默也收拾不了残局。

班主任过来把娘娘腔扶起,之后丢给他一个"放心,我会查清楚"的眼神,把我们吓得一激灵,然而却回天乏术。

"谁干的?"班主任言简意赅,黑板擦"砰"地往讲桌上一砸,阿宝犹豫都没犹豫一下,腾地站起身。

她眼神清亮,我和顾潮生对视一眼,也来不及读懂他的眼神了,此时此刻我闺密正独自承担啊，我当然不能置身事外。

我麻溜地紧接着起身，再回头，顾潮生几乎跟我同时站了起来。

我们三个大眼瞪小眼，脸上一概写着"豁出去了"的畅快，彼此之间甚至有一种"有难同当"的使命感。

班主任淡定地扫了我们一眼，转身跟任课老师说"先上课吧"，然后冲我们勾了下手指："来我办公室。"

娘娘腔这时准确无误地发出一声嘚瑟的"哼"，阿宝强忍着怒气，冲他抛出一句"你等着"就潇洒地第一个跟出教室。

身后一片嘘声，还有几个不怕死的同学仍然忍不住鼓了掌。我和顾潮生大义凛然地赶紧随后跟上。

那个下午，班主任先是把我们三个一起语重心长地教育了一番，阿宝起先还坚持说我们没做错，明明是娘娘腔自己人缘差到没边。

言下之意是我们是"顺应民意"。

"不然为什么大家都看着我们给他换椅子，却没人提醒他一句？"阿宝生气地辩驳，"不信您去问其他同学，看他是不是特别讨人厌。他摔的时候所有人都鼓掌，难道还不够说明一切？"

班主任被她的歪理气得不行，丢出大招：每人一千字检讨，不写完别回家。

说完，她看一眼顾潮生，扭头对我和阿宝说："你们先出去。顾潮生，你留下。"

就这样，我们站到了门口，开始为检讨书打腹稿，而顾潮生却在里面站了半天没出来。我从窗户看进去，只能看到他的背影。

阿宝拉着我有一搭没一搭地说话，忽然，我注意到顾潮生的肩膀动了一下。我仔细多看几眼，才发现他肩膀一直在颤，他难道在哭？

第一时间联想到顾潮生一直以来的好学生身份，以及他作为"语文课代表"，此时此刻面对的班主任，正是我们的语文任课老师。

我几乎可以瞬间代入他的自责和难过。

有了这个念头的我，再不能理智地等在门外，没别的办法，我甚至没跟阿宝商量，伸手拉开门就走了进去。

"老师，我们错了，我们再也不敢了，我们刚在门口想了很久，真的知道错了。"我开口便一个劲地拼命认错，阿宝本来还被我的反应惊到，很快发现顾潮生眼眶通红，她一下子明白我的意图，也开始服软地说起好话。

班主任看我们一眼，神色复杂地顿了下，总算了松口："那好，你们走吧，记得交检讨。"

阿宝上前拉了顾潮生一把。

可那一刻，我多希望做出这个动作的人是我啊。

那是我第一次看到他哭。

虽然他极力隐忍，但我能猜出，一向偏爱他的语文老师一定是说了什么重话。比方说，他太令人失望之类。

他和阿宝一样，面对平日里对自己偏爱有加的班主任的训斥，免不了有些恃宠而骄的心思，否则也不至于理直气壮地争辩。

但也正因如此，自尊心才无论如何与这样的失落相持不下。

他抬起手腕擦了下眼泪，我顺手把门带上。阿宝在一旁表扬我："你不知道，刚才还好温澜在外面注意到你似乎有点不对劲，她可是想都没想就冲了进去！"

顾潮生听到这，也惊讶地看我一眼。

连我自己也有点儿惊讶，向来这样不管不顾的事只有阿宝会做，而我竟然为了顾潮生，莫名被不知从何而来的勇气驾驭。

我不能看他难过，更不能看他哭。

第二章

喜欢是小心翼翼想要触碰却又收回手

我后来看过一句话：你喜欢上一个人的第一反应，就是觉得自己配不上他。

我不清楚我从什么时候起意识到自己喜欢顾潮生，但我不肯承认自己这种"觉得配不上他"的念头，相反，我不断暗示自己，我不可能喜欢他。

2011年底，台剧《我可能不会爱你》热播，李大仁跟踪程又青放学回家，她从好朋友那儿受了委屈，在前面一路走一路哭，他在身后亦步亦趋。

她到家门口，准备开门进去，才惊觉他在身边。他本想安慰她，想了好久才抓抓后脑勺说，我觉得你是一个很棒的女生。

她狐疑地看着他，大概这一刻他才意识到这样的句式太像要告白，赶忙不好意思地补上一句，你不要误会哦，我是不可能爱上你这种女生的。真的，绝对不可能。

这句话，总像是一半说给程又青，一半也在说给不愿承认这份心情的自己。

我是不可能喜欢上顾潮生这样的男生的。

即使觉得他很好，但他身边有那么多喜欢他的女生，何况他也有自己喜欢的人，又怎么会轮到我呢？

既然这样，不如我先不要喜欢他。

2011 年冬天，多年不见的何毕从外地回来，作为顾潮生最好的哥们儿，何毕大方地要请我们一票人吃饭。顾潮生打来电话，说他们开车到路口接我。

　　我套个外套就匆忙下楼，发现车里坐的不止何毕和他，还有多年没见的林西遥。

　　顾潮生曾经的正牌女友，林西遥。

　　一落座，何毕就是多年前熟悉的口气："还是你有面子，一通电话就能把温澜叫来。"他说着看一眼顾潮生，我有点慢半拍地笑笑。

　　一旁的林西遥迅速接话："顾潮生，我不明白！我真是想不通！"

　　顾潮生"嗯"了一声，扭过头。

　　"我真不明白你和温澜为什么没在一起。"林西遥娇嗔的口气和从前一样，说完还似笑非笑，抛给我一个欲言又止的小眼神儿。

　　我顿时心如擂鼓，意识到这个问题不只是在问顾潮生，同时也是在问我，我却没出息地只感觉周身空气一霎凝固，脑海一片空白。

　　"温澜啊。"还好顾潮生没有把这个问题抛给我，"我们……太熟了吧。"

　　他边说边冲我笑，似乎在求得我的肯定般，表情流露出的全是"你说对吧"。

　　我默默点头，一只手下意识地用力捏紧了拳。

　　我真怕下一刻自己就要失态，被看出端倪。

　　太熟了吧……

　　原来是这样的原因啊。

　　果然像别人所说的那样，爱要讲时机吗？我这个人，从一开始存在的身份就不对，越久，就越没机会走到那个对的位置上。

　　我们之间，没有出现告白的场面，但我竟然在这样的情况下，突然听到了他的回答。

车子启动，窗外的景色纷纷向后，熟悉的街道，我们从前散步过无数次的小巷，而我似乎有些想哭，却要非常非常用力地忍住。

那个晚上我们四个去吃香辣蟹，林西遥要了一大锅菜，吃到一半去洗手间时，我听到何毕趁机问顾潮生："怎么喊了她？你和她还有联系？"

他指的是林西遥。

"也没，只是刚好存着她电话，很久没见了。"顾潮生尴尬地笑了下，"你不是想多喊几个老同学？我翻了下电话本就喊了她。"

顾潮生说的是实话，因为那个晚上后来又来了很多人。

但尴尬的是，最后到场的三个，竟巧合到全部都是当年喜欢过顾潮生，并且有告白过的女生。

我看何毕去买了单，其他人再自然不过地走在前面，当时已经是晚上十一点多，店外那条街行人三三两两，有人提议说刚吃饱，先散会儿步。

后来路过一个有点陡的下坡。

那三个女生其中一个突然扯着嗓子大喊顾潮生的名字，说是喝高了，走不动。

"抱一下吧。"她口中念念有词，说着已经一副站不稳的样子，摇摇晃晃地朝顾潮生身边靠。我本来走在顾潮生右侧，只好有点儿尴尬地朝一旁让了让。

一群人中那几个女生喝得最多，顾潮生和我都没怎么喝。

所以此刻我头脑非常清醒。

我以为顾潮生会想个法子把女生扶开，却没想到，他竟真张开了双臂，轻而易举地，以一个极度温柔的姿态，将女生横抱了起来。

女生也是一愣，看得出来有些手足无措。

街灯下，昏黄的灯光打在顾潮生身上，我偏过头去，盯着他好看的侧脸，一瞬间难过得不行。

为什么不是我？

我自嘲地咬了咬唇，大概，这是上帝赐给勇敢的女生最好的礼物。像我这么懦弱，这些年连告白都不敢的人，又哪来什么拥抱的资格？

这个短暂的公主抱结束后，另外两个女生，包括林西遥也都凑了过去，撒娇道："不行，我们也要抱！"

他们几个笑闹成一团，顾潮生真的非常给面子地一一与她们拥抱。

好像在完成一场仪式，或者说，是在告别？与曾经莽撞的、一腔赤诚的彼此告别。

我在一旁有点儿眼眶湿润，不想看到，却又不得不偶尔瞥一眼，竭力保持微笑。

何毕却没有放过我，在一旁起哄，说："那还有温澜呢！"

我瞬间像被戳中穴位，整个人动弹不得。

每当这样的时刻，我都在等。

等顾潮生替我决定，等他替我解围，就好像刚才林西遥问出那个问题时一样。这么多年了，永远都是这样。

可我没想到，他面对其他女生的怦然心动，在我这儿，从没机会出现过。

以前没有，以后也不会有了吧。

像登上了一去不复返的时光机，我们之中的谁，都没有机会再回头，重新来过。

这一刻我多想也俏皮点，凑过去看着他说：那也抱抱我吧。

哪怕只是像她们一样，得到一个温柔的拥抱。有过这样的一刻，也会让人觉得好满足。

但我做不到。

我听到顾潮生干咳了两声，有点不自然地笑了笑："温澜不行啦。"

"为什么温澜就不行啊？"何毕和林西遥几乎是同时喊出声。

"我也不知道，反正就不行。"顾潮生说着过来拿胳膊碰我一下，我立即配合地微笑，意思是很明显的赞成。

大家也没再多纠结，就继续往回走，到路口时解散。何毕负责开车送其他人回家，顾潮生和我仍然顺路。

他看我一眼："打车？"

"随便。"我一笑，"我什么时候回去都可以。"

"那走走吧。"

说着，他再自然不过地拉了我一下，示意我先过马路。

我有些恍惚地任由他拉着往前走，脑海中频繁浮现以前的那些年，无数的街道，错落的街灯之下，我们走过的每一条长长的街。

顾潮生很喜欢喊我一起散步。

我们两个出门，只要不赶时间几乎从不坐车。以至于后来我们很长时间没见，再见面时，我会很想问问他，除了我，他还会和别人这样散步到很远的地方吗？

阿宝我们三个交了检讨，这件事也总算翻了篇。

回去的路上，却讨论起顾潮生的生日快到了。阿宝提议说我们帮他搞个生日会，去 KTV 唱通宵。顾潮生连忙摆手拒绝，说一起吃个饭就好了。

后面他们继续讨论细节，我却没有再听。

我一直牢牢记得顾潮生的生日。

早在十岁的时候，班上就因为一个小伙伴要转学，而风行过一阵同学录。那时我攒零花钱买了一本，翻到最后一页，小心翼翼递给了顾潮生。

那时候他在爷爷的鞭策下，已经练了很长一段时间的书法，字写得特别隽秀好看，一水儿极工整的簪花小隶。

后来那本同学录再没几个人写过，我却仍然保存至今。顾潮生的生日，也是从那时起就偷偷记下，再没能忘。

五年级时又有人转学，六年级时临近毕业，我又找顾潮生写过两份。每回都因为时隔一年多，他根本不记得曾给我写过什么。

就这样，我连自己也不知道在搞什么，收集了三份他写的同学录。后来还在写黑板报期间，跟一群人起哄要来了一幅他写的毛笔字。

曾经一度想要裱起来，却没找到能够光明正大这么做的理由，只好精心收藏在小盒子里，偶尔想到，会翻出来看看。

顾潮生现在应该没再练字了吧。

而我，总会为这种从不为人知的秘密而在独处时，脑补到他认真而有力度的落笔，忍不住轻轻地笑。

可在这之前，我却从没机会对他说过哪怕一句最简单的"生日快乐"。

更不要说，可以光明正大地送出一份能够表达自己心意的礼物。

阿宝约我周末一起去逛街，说是顺便物色下要送顾潮生什么好。

我神秘地告诉她，其实我早想好了，只是所需的材料有点难凑。阿宝非常配合："放心，我陪你去找！"

但真到周末，她很快后悔答应我。

我带着早选好的透明玻璃瓶，打算在里面放一些印有字母的水晶珠，要求是既要珠子漂亮，又要有我指定的字母在上面。

阿宝陪我走断腿地寻遍了小市场，才总算艰难地凑齐了全套。

她吐着舌头评价道："这么复杂的点子，也就你能想出来。"一副拿我没办法的样子。

在这之前，我想了好久要送什么给顾潮生。

我推翻了一切可能有的选择，所有别人能送的，我都嫌太没诚意。而所有送了显得暧昧的，我又担心被猜出心意。

其实，我只想有一份礼物，既能在他拆开的刹那感觉到我的用心，又能让他在不经意间珍藏多年，不弃如敝屣。

我想到了他心里的那个人。

那天我给他的许愿瓶里，放的水晶珠全是青蔓名字的缩写。

我亲手为这份礼物扎上精致的蝴蝶结。

所有人都为我的精心准备而讶异。他们都说，顾潮生，你看，温澜真的好懂你！

这份礼物后来竟成了最能代表我们友情根深蒂固的物品，走红于班上各个小团体。

那次之后，班里再没人传过我与他的流言。是啊，我将那样的礼物双手奉上，难道还不够体现出我与他友情的纯净？

那时的我天真地认定，顾潮生对青蔓，就好像我一直偷偷地在意着他一样，深刻，专情而唯一。

但我竟然忽略了，当时年少，永恒是多久，我们脑海中的概念其实并不那么清晰。

一见钟情的心情，总是来时迅猛，去时不留痕迹。

当我意识到，顾潮生停留在一个人身上的目光，也许并不会太久的时候，却已经晚了林西遥一步。

顾潮生生日那天，果然收到无数礼物。放学回家的路上，我帮他拎着大包小包，他忽然问我："你知道林西遥吗？"

我想了下，摇头。他又说："我也不熟，但她送了我个好贵重的礼物啊。"

说着，顾潮生伸手在袋子里翻了半天，总算找到一个小盒子。我好奇地凑过去，发现是一支很精致的钢笔。

虽然不清楚实际价格多少，但看包装，确实很贵的样子。

"我感觉有点不好意思呢，和她都不熟。"顾潮生给我展示完，又把它认真包起来放回去。

那是林西遥的名字第一次从顾潮生口中出现。

她和陶姜一样，接近顾潮生之前，想到了先打入他的圈子。但不同在于，她的目标不是我，而是先和阿宝玩到了一块。

阿宝跟我说到林西遥时，简单地用"够意思"三个字来形容她。理由很简单，她能送顾潮生贵重的礼物，和我们一起自然也出手大方。

她总是再直接不过地打听顾潮生的喜好，我见犹怜地跟我套近乎："温澜，你认识顾潮生那么多年，你一定很了解他对吗？"

她的侵略性在于她的低姿态。这样的话对当时的我来说，在一定程度上是向我灌输"只有你最了解顾潮生了""你就告诉我一点儿他的事情吧""我也只能来问你了呢"的想法。

不知不觉间，我竟然有点飘飘然，似乎顾潮生只有我最了解，其他女生想要接近他，只有向我取经。鉴于之前陶姜的例子，让我轻敌，错以为林西遥也构不成什么威胁。

顾潮生怎么会随随便便就被别的女生吸引目光？会被他关注到

的, 可是青蔓那样精致美丽又耀眼的女孩子。

这样想着, 我每每对林西遥的追问都和盘托出。我甚至不清楚她是怎么样迅速地掌握到重点, 最终一次命中。

按成绩排座位真是件神奇的事, 它令我初中三年, 位置几乎都离顾潮生不远。

有次换位置后, 阿宝却没和我们坐在一起了。中午放学, 我陪她去体育馆闲逛, 买了凉面边走边吃。她正吐槽我不顾形象, 在路上吃东西这么随便, 忽然有不认识的高年级学姐停在我们跟前。阿宝看她们一眼, 似乎认出了对方身份, 但没来得及和我解释原委, 领头的学姐指着体育馆的天台, 口吻霸道: "我们去那谈。"

我还想多问, 阿宝阻止了我, 丢下一句"放心, 没事", 就被推搡着走远。我连剩下的大半份凉面都没心思再吃, 想到阿宝一向心直口快, 不知道这次是怎么"得罪"了别人, 竟然被学姐不客气地单独叫走。

就有那么巧, 这时班主任正提着备课本走来, 我犹豫的时间不超过三秒, 心一横便迎上去。

那次事情的结果, 是班主任根据我指的方向, 及时阻止了学姐找阿宝麻烦。阿宝回教室时已经开始上课, 远远地, 我关心地看她一眼, 而她却神色复杂。

放学时, 顾潮生照例来喊我一起回家, 阿宝却拦住他, 让他今天先走, 她和我一起。

此时此刻, 我再不明就里, 也猜出七八分的所以然。

果然才走出校门几米远, 中午那学姐便带着人把我们双双拦下。

不同的是, 这次他们的目标不再是阿宝。

"是你吧?"领头的女生说着伸手一把搭到我背上, "中午告状的？"

我轻轻"嗯"了一声。

身旁立刻围上来一票人，起哄声、口哨声不绝于耳，并且一路推搡着我们朝偏僻的小巷而去。不过三分钟的路程，我却清晰地感觉到，周遭追随的人越来越多，越来越多。

似乎学校很久没出这么大阵仗的场面，因此还没回家的同学全部兴致盎然地来凑这份热闹。

我硬着头皮，手心在不停地冒汗。阿宝走在我身后不到一米的位置，我走几步便下意识扭头去看看她，却完全不懂她的复杂表情。

那一刻，我胡思乱想着等一会儿即将面对的状况会是怎样。实话说，我猜不到。

抵达小巷时，一直在我旁边架着我的学姐用力按了下我的肩膀，我听话地停下，原地站着没动。

来围观的同学自动自觉绕成几尺厚的人墙，我始终心跳轰隆，连呼吸都有点吃力。从未见过这种场面的我，根本不清楚接下来会发生什么。

"还挺有种！"有个不认识的女生最先走过来，帅气地把书包"砰"地往地上一甩，然后冲另一个有点壮的女生喊话，"我先来！"

她说完冲过来，一把抓住我头发，一通猛扯，接着轻松把我推翻在地。另外几个女生也在我意识有些模糊的情况下凑上来，噼里啪啦一顿拳打脚踢，还有人拎起书包就重重地往我身上一下一下地砸。

拳头像雨点一般落在我身上时，我咬着牙闭上眼睛。

耳边只听到围观者的嘘声，我想到放学时，阿宝跟顾潮生说的那句"你先走吧"，暗暗有些感谢她。

还好，好在顾潮生不在。

如果让他看到我的样子，我一定会控制不住地大哭吧。

而现在，我还能拼命提醒自己，就当替阿宝挨揍，不是我也会是她。想到这里我吃力地睁开眼睛，努力透过人群的缝隙朝外看去。

我看到阿宝被几个人拦在外围，在距离我四五米开外的地方，神色担忧却又无能为力地望着我。

察觉到我的目光，她更加用力想要挣脱，但无奈被几个高年级女孩拽得死死的。

我看到她眼里有晶莹的光亮。

没力气多作他想，我再次无力地闭上眼睛。

感觉好像过了很久很久，久到我似乎已经感觉不到痛，我听到近身处有人大喝一声："算了！"

大家的动作才整齐地停下。

"今天就这么算了，这个妹子还算识趣。"我晕晕乎乎地栽倒在地，隐约辨识出有人在对阿宝说话，"看在阿宝面子上，我们走！"

我脊背一凉。

看在……阿宝的……面子上……

直到很久以后，我才模模糊糊知道，原来，是阿宝不知怎么"得罪"了她们之中的谁，那天，她们原本只是喊阿宝过去"谈谈"。

却没想到我中途出现，阴差阳错之下，她们索性也不再动阿宝，直接用我的处境给了阿宝一个"警醒"。

很快，人潮渐渐散去，阿宝过来扶我，我朝她有点费劲地笑了下，没有多问。而她也什么都没说，只扶着我，步履缓慢地走出巷口。

一路无话，但令我没想到的是，就在拐弯的地方，我竟然远远看到了顾潮生。

他和林西遥、陶姜，还有几个平时说得上话的同学，无一例外地搓着手，干等在那里。

我腿一软，差点跪下去。

阿宝这时使了一把力，稳住我，小声在我耳边快速地说："待会儿别哭，不管他们问什么，别说话。"

我一下子明白过来，有了八成的把握，顾潮生他们刚才应该是在人群外围，并没有清楚地看见全过程。这应该是阿宝替我注意到的。

她这是在告诉我，咬牙挺住，不要被所有人看笑话。

我意识到，今晚我们两个毕竟势单力薄，阿宝即使挣扎，也只是多一个人挨揍，但我仍然有些为她的理智感到难过。

她小声地说："别想了，如果中午班主任没来，换我挨揍，我照样不会还手。"

我忽然一阵懊恼，但恍惚又想，这样的结果不正是我想要的？

阿宝没事，但这件事总要有人担。我现在这么矫情，难道希望出事的是阿宝？

如果说这时我还有些为自己的挺身而出而骄傲，那么我早该想到，以阿宝的性格，这件事根本不会就此作罢。

林西遥最先小跑着过来扶我，我故作轻松地摇头，说我没事。陶姜站在她身边，似乎想说点什么，但最终也没说。我听到她们几个七嘴八舌地在问阿宝发生了什么。

阿宝的口吻没半点破绽，云淡风轻："一点小问题，解决了。"

我抬头去看顾潮生。

他侧背着包，站在对面的树荫下，关切地对上我的目光。那里面有我从来渴望的，温柔的，触不着底的，一汪深潭。

我轻轻甩手，挣脱了阿宝和林西遥的搀扶。她们也顾不得我，只八卦地抓着阿宝追问细节。于是我撑着吃痛的小腿，极力做出一副若无其事的样子，向顾潮生走去。

他面带微笑，那神情似乎在对我说，温澜，别怕，我不走。我就在这里，等着你。

阿宝替我挡下所有追问，而顾潮生，成为那天唯一默不吭声陪我回家的人。

我们从学校慢吞吞走到公交站，再到坐上公交车，全程他只轻声问过我一句："没事吗？"

只是这一声，我之前所有委屈都轰的一声找到宣泄口，眼泪汹涌而下。公交车上，顾潮生坐我旁边的位置，他翻遍包，却找不出一张纸巾，手足无措。我脸上挂着眼泪，扭过脸，看了看顾潮生。

他的眼神中夹杂着"你别哭了""我有点害怕你哭""你哭成这样，我真不知道要怎么办啊"的意味，我却被他眼里从未这样独属于我一人的温柔触动得眼泪更加止不住，只有努力不让自己哭得太大声。

快到家时，我终于叫住他。

"你明天早上还等我吗？"我小声问。

他肯定地"嗯"了下，我这才放心地露出一个笑脸。奇怪的是，这一刻我并非逞强想让他放心，是因为他说会等我，我才像是找到唯一的支撑，确定了这个世界没有改变，他没有改变，我终于松了口气。

回到家我整晚没睡，翻来覆去，一闭上眼，脑海中便浮现出傍晚的画面。

我很怕，但我不敢被人知道我怕。所有人眼中的乖乖女温澜，竟然有天也会得罪学校最惹不起的那群人。

直到次日清早，我五点多起床洗漱，下楼后走到路口的粉店，顾潮生大声喊出我的名字。

他碗里的米粉已消灭大半，顺手指了指对面座位，慷慨极了："来一碗！"

我永远忘不掉那个清早，天还没亮，路灯发出微弱而昏黄的光，小店门口的整排座位上，只有我和顾潮生两个人。他露出好看的笑容，说："我都快吃完了，你真慢。"

他的存在，一刹那间，将我的恐慌一扫而光。我开心地吃掉一大碗肉丝粉，然后带着一些悄然滋生的幸福感，跟他去了学校。

那些天都是顾潮生在陪我。

我甚至不敢想象，如果没有他，我该怎样面对那段时光——

那段走到哪里都害怕，怕突然有人出现，露出不客气的表情，对我说"走一趟吧"的难挨时光。

秋天来的时候，有次回家，顾潮生忽然心血来潮，问我："温澜，你有喜欢的人吗？"

他这问题突如其来，我完全没准备，一下子根本不知道怎么回答。

但不管怎么说，我清楚地知道同样的问题，他的回答。

因为有青蔓，所以我还没有笨拙到想要与她一较高下。

于是我摇摇头："没啊。"

顾潮生脸上写满了不信："还不愿意告诉我呢。"他做了个鬼脸，"我又不会告诉别人，我保证，替你保密！"

我看着他真诚的眼光，就是在那一刻，我做了一道再简单不过的选择题——

选择我是想要永远做顾潮生的好朋友，还是给自己留哪怕是一点点的机会，静待着某天对他告白的契机。

我选了前者。

我当时真的以为他会喜欢青蔓很久啊……我认定自己根本就不会有机会，糙妹子怎么去跟女神抗争呢？但我只想有机会陪在顾潮生身边罢了。

不管以什么样的身份，反正，让我陪着他就行。

和他一起上学放学，和他一起吃喝玩闹，和他一起抄作业，和他一起买碟来听，一起逛书城一坐就是一个下午，和他一起散步，从城市的一头走到另一头。

这样的时光在我看来，远胜于一场能毫无悬念猜中结局的告白。

我说："好啦，告诉你就告诉你。"

他眼神中立刻流露出惊喜，竖起耳朵凑过来。

"许……"我吞吐了一下，拿手捂住脸，脱口而出了一个名字作为挡箭牌，"……许眠歌。"

班里的男生名字，我能记住的还真没几个。许眠歌因为和我座位相隔不远，也曾说过几次话，这才被牵扯进来。

顾潮生意味深长地"哦"了一声，大概是回想了一下许眠歌这个人的存在，并且粗略估算了一下我和对方的契合度！

然后他调侃道："真没想到，居然是他！"

口气分明流露出轻易就能捕捉到的"眼光很一般嘛"。但很快，他非常够意思地补充道："放心吧！你这么相信我，我肯定帮你搞定。"

当时我不过想用许眠歌来撇清自己，想着这样一来，就没人会总怀疑我喜欢顾潮生才和他走得近。有了许眠歌的存在，我即使黏着顾潮生，似乎也没那么惹人怀疑。

我从没想到，只是这样一句话，竟然将我与顾潮生的关系，重重地砸成两条再没可能交叉的铁路线，各自延展向遥遥看不见尽头的远方。

从此我成了所有人口中，顾潮生最好的朋友。即使时光向前快跑十几年，工作后我与老同学不期而遇，他们见到我，脱口而出的第一个问句都是：顾潮生呢？

似乎我的身上已经被打上永远与他有关的标签。

但我却再不会成为别人口中，令他心动的女孩。

不管他从前对我有没有过哪怕一刹那的心动，至少这一刻起，是我首先对他表明：我没喜欢过他，我有喜欢的人。

我从不知道，一句谎言，需要我花上一生的力气去维系，去欺骗那个做错单项选择的自己。

为了让顾潮生以及所有人相信我撒的谎，我特地跑去文具店，买了个好看的密码锁日记本，然后打听到许眠歌的生日，把它作为密码设置上。

顾潮生果然没辜负我对他的了解，才第二天放学，阿宝已经一脸八卦地来找我，看来得到了一手消息："许眠歌？不会是真的吧！怎么居然是许眠歌！"

我低着头没有吭声，我当然知道许眠歌没有顾潮生好，但好又怎么样，我又得不到。

正逢学校组织秋季运动会，许眠歌是体育生里的主力，代表班级荣誉报了各种项目。阿宝的消息比我来得快，她利索地替我做了主："他要是拿了第一，你就去告白！"

"告白就告白！"我感觉当时的自己特别勇敢，简直和面对顾潮生时没得比。我心想不成功便成仁呗，我又不怕！

很久后，我听过一个说法。

喜欢是小心翼翼想要触碰却又收回的手。

能够轻松说出口的告白，通常早做好了失败的准备。

那时我再想起许眠歌，同时也想起青蔓，才好像后知后觉地明白了什么。

运动会当天，我特地背了个大包，里面塞满了矿泉水，守在赛道边。

许眠歌每次出场，我都冲到他身边大喊加油，他一比完我就第一时间冲上去递水送毛巾。全程下来运动废人的我累到不行，然而这些都敌不过那些起哄的欢呼声，让我莫名地有成就感。

一想到很快我暗恋许眠歌的消息就要传遍全班，我就觉得我的戏演得尤其像模像样。

这样顾潮生就会信了吧。

他情商那么低，连我喜欢他都看不出来，肯定信！

毕竟，连我自己都要信了。

我很快收拾思绪，把剩下的矿泉水一瓶一瓶分给其他没带水的许眠歌的同伴。

如果说这样会给我和顾潮生的关系带来一点什么改变，那无疑就是我因为他答应帮我追许眠歌这件事，不知不觉间，我们之间奇奇怪怪的互动增加了。而我在他面前的存在感，也因此刷了个够。

有了这份推动力，我感觉自己的演技也日趋炉火纯青。

许眠歌因为每逢一三五要训练，所以住在学校隔壁的体育馆后街宿舍。

生命在于折腾，为了让所有人相信我确实喜欢许眠歌，我央求顾潮生以后每天早起十分钟，提前出门。这样一来，我们下车后就可以潜伏在许眠歌宿舍楼下，等他背着书包和一队体育生收拾妥当出宿舍，我就假装不经意地由顾潮生打掩护，跟在他们身后。

"你知道我每天早起的十分钟可以多做几个梦吗？"冬天的清晨，呵气成雾，顾潮生非常不满地交替揉着自己冻得通红的手，"我快冷死了！你必须负责！"

我假装不经意地一瞥，看到他手指通红，忍不住有点心疼。我犹豫了一下，特别想把手套摘下来塞给他，但最终我没有。

哪怕一双手套，我都害怕他看穿我的关心。我找了个看起来顺理成章的报答方法："我请你吃早饭！"

顾潮生嘲笑地扫我一眼："哼！好吧！"

我买了双份的炸酥饺，将其中一盒递给顾潮生，边走边听他说："周末我们去唱歌吧，我替你约许眠歌？"

我赶紧接话："好啊。"

其实我心知肚明，去唱歌根本不会推动什么剧情，但一想到顾潮生替我操心的架势，我就莫名受用。

那个周末，顾潮生叫上了不少人，KTV里愿意唱歌的却没几个，阿宝霸着麦，其他人有的在咬耳朵，有的凑在一块玩小游戏。

直到顾潮生带许眠歌进来，一起来的竟然还有陶姜，我瞧一眼林西遥，表情略尴尬。阿宝也顿了下，迅速跑到我旁边坐下："顾潮生搞什么啊？"

我眨下眼，意思是：谁知道呢！

陶姜一来，就张罗大家一起玩真心话大冒险。这时候气氛一下子活跃起来，顾潮生趁起来拿爆米花吃的空当，特地蹭到我和阿宝跟前，非常得意地自夸："怎么样，她还是有点用吧？"说着看一眼陶姜。

这意思她是他特地喊来搞气氛的，看起来确实还行，我和阿宝也没再计较。许眠歌虽然跟大家一起笑闹，但毕竟不算太熟悉，多少还是有些拘谨。

阿宝指着他身边空位给我："你坐那边去！"

我顺从地挪了下位置。

几轮游戏下来，陶姜似乎爆发小宇宙，越玩越大。顾潮生输的那局，她径直指着阿宝，说："你亲她！"

顾潮生一愣，阿宝倒是大方："亲就亲！"说着无所谓地起身，直接把脸送过去，顾潮生便小鸡啄米似的在她脸上亲了下。

大家纷纷起哄，下一轮林西遥输，陶姜又指着顾潮生，向她下达指令："你亲他！"

林西遥的脸一下子变得通红，我和阿宝对视一秒，立刻看穿了陶姜的小心思。她是希望可以借助"这不过只是个游戏"的氛围，可以顺理成章地与阿宝或者林西遥转换角色。

但她绝对想不到，林西遥没有任何扭捏就起身凑到顾潮生身边，眼神亮晶晶的，她无所顾忌地执行了这个游戏。

顾潮生面色难掩讶异，他还没来得及推开她，她已经飞快直起身，定定地望着他，笑得肆意。

而头顶闪烁的各色灯光，就那么刚刚好地停驻在他和她周身，营造出一种令人心动的氛围。

包厢里，不知谁点的老歌正放到一半，我清楚地听到女声在唱：我绝对不说我爱你，话说太过没意义，感情已满溢怎会没有痕迹，我不愿是你眼中的一颗沙粒……

林西遥坐回去时，我甚至在那一瞬间，捕捉到顾潮生眼角微微扬起，他眼神里似乎有着我从来没见过的宠溺。

左心房传来阵阵痛感，我无意识地地捏紧沙发坐垫，所有人都看向他们，没人察觉我正用尽全力忍住眼泪。

这时阿宝用力地鼓掌，唤回大家的思绪。接着连许眠歌都忍不住吹了声口哨。那意思很明显，陶姜提出的要求本来只是亲下脸颊，谁都没想到，林西遥会这么勇敢又热烈。

顾潮生则有风度地招呼大家摸牌，企图缓解掉这场尴尬。我还没回过神来，下一轮的牌已经发到手上。

这次，输的是顾潮生。

赢的却是阿宝！她像发神经似的环顾包厢一圈，最后竟然伸手指向了我！

"顾潮生，你去亲下温澜！"

大家都觉得阿宝在拉我这个"不相干的好朋友"下水。只有我，脑子轰地炸开，一动不动地僵在原地。

阿宝根本不管那么多，起身把顾潮生胳膊一扯："你快点！"

顾潮生有点尴尬地扫我一眼，似乎在等我一个准许的眼神。

而我还沉浸在刚才弥漫脑海的悲伤情绪中，我也想跟阿宝一样，大方地冲他一笑，故作洒脱地说：你亲啊！

但我使出浑身力气，都无法自如完成这一行为。

最后我顺从地低下头，当作同意。

我看到顾潮生起身，一步一步朝我走来，几秒不到的时光却格外漫长，我再没办法泰然自若地控制表情，只好在所有人注视之下，仓皇闭上眼睛。

好希望时间就在下一秒，不顾一切地停下。

我不好奇那一刻他心中所想是谁，脑海浮现谁的笑脸。

顾潮生停留在我面前，在我额头轻柔地烙下一个浅浅的印。我感受到那份丝丝入扣的温热，而这样让我心醉的接近，却在往后青春轰隆的十九年中，再没有过。

如果可以，我多想在此刻告诉顾潮生，我喜欢他。

我很喜欢他。

我比在场任何一个女生，都要喜欢他。

那首歌却仍在无休无止地重复唱着：我怎么去说我爱你，说是愚蠢的勇气，听见你可能的一句对不起，我不知我能拿什么潇洒抗拒……我对谁都是孩子气，唯独对你最理智。

我知道我不能，我说不出口，我根本没有林西遥的勇气。

我睁开眼，迎上所有人的嘘声。

阿宝在一旁狠狠推了顾潮生一把："你还真亲啊，你看看你把温澜吓成什么样，也不看看谁在旁边呢。"说完看向许眠歌。

我赧然一笑，佯装镇定地指向墙上的时间："差不多该回去了。"然后看了看顾潮生。

他不出我所料地绕来我身边。我以为他会像平时一样，即使我非要提前走，也会选择和我一起。

但他却贴到我耳边，小声说："你要不要许眠歌送你？"

第三章

这世间有无数可能

而人越想要

越没发生

我效仿少女杂志的煽情片段，给许眠歌写了很长的日记。每天关注他穿什么颜色的球鞋，换了哪件外套，多长时间去理一次发。

然后我拿着日记本去顾潮生面前炫耀。

似乎这样便足以证明，我喜欢另一个人，喜欢得很认真，很用力。

顾潮生非要抢我的日记，我傲娇地拒绝说不行。他皱着眉头冲我撒娇："竟然不给我看……"

我仍然坚持。

"不是说好让我帮忙吗？我不了解情况怎么帮，嗯？"他干脆卖萌地抓着我手腕摇，"澜澜……给我看看吧……"

等的就是他这句话。

现在想想，那时的我真像个傻瓜。喜欢一个人，却不敢承认，想接近他，却用这种南辕北辙的办法。

顾潮生把我的日记带回家，隔了好几天才慢吞吞地看完还给我，还笑得一脸暧昧，发出一连串的"啧啧啧"！

我不好意思地拿本子朝他身上打，这时许眠歌刚巧从不远处经过，顾潮生就装模作样大声喊出他的名字："许——眠——歌——"

尾音拖得老长，还似笑非笑地朝我挤眉弄眼。

我连忙住手，不敢回头看停下脚步的男生脸上该有多尴尬。

两周后的家长会，因为妈妈要来学校，所以我没有回家。据说顾潮生的爸妈不会来，放学后，他跟我打了声招呼，便早早自己回去了。

我和阿宝无聊地在附近闲逛，她忽然提议："要不去找许眠歌吧！"

我疑惑地问："找他干吗？"

"你说呢？你不是对他……等什么呢？"阿宝在一旁嫌弃地抱胸，看起来像是在打量我这个她眼中反应总是慢半拍的家伙。

听起来她的逻辑没错，我暗自揣摩，现在告白的话，其实我知道有多没把握，毕竟我和许眠歌的交集寥寥可数。在他看来，最近频繁和我传绯闻，应该更像是一场麻烦的闹剧吧。

但正因为这样，我才更要告白。

想到被拒绝之后，我还可以凭这个理由找顾潮生诉苦，也不用担心许眠歌真的脑子一热答应了我该怎么办，这才是我内心真正的计划。

家长会开场时，时针已经指向九点。夜空中繁星点点，我迈着小碎步，跟阿宝两个做贼一般来到许眠歌的宿舍楼下。

宿管阿姨已经把门给关了，阿宝特别不怕死地忽然大喊许眠歌的名字，接着他同寝的男生探出头来："谁啊？"

"我们找许眠歌！"阿宝指了指身边的我，理直气壮冲楼上喊话。

"哎哟，许眠歌！有人找！"男生一下子来了精神，过不到三分钟，我和阿宝身边已经迅速围了一拨人。

许眠歌几乎是被他的舍友们架着出来的，连宿管阿姨都懒洋洋地站在边上，准备看这场热闹。

阿宝明显过于入戏，显得比我还紧张，往前推搡我："温澜找你！"

我简单观察了下形势，似乎还好，就这么脱口而出："许眠歌，欸，我当你女朋友吧。"接着我给他也给我自己留了个台阶，"要不，你考虑下？"

阿宝在一旁带头鼓起了掌，大家也非常配合地起哄。而许眠歌的表情则在我意料之中，他神色有些无可奈何，又有些窘迫。

喧嚣人群中的口哨声逐渐消失，所有人在那一刻似乎都察觉到了男主角的微表情，气氛变得安静。

许眠歌当着大家的面，抱歉地对我摇了摇头。

他做完这个动作，挣开身旁男生的牵制，转身上楼。

人群也自此一哄而散。

阿宝过来安慰地拍拍我的脸："没事吧？"

"嗯，我们回去吧。"我还以一个有点勉强的微笑。

那一刻我忽然假设，顾潮生，如果刚才我告白的对象是你，我一定也会收获同样的答案，对吗？

不知是不是我太入戏，竟然真的有点儿想哭。

记得有次阿宝我们几个开玩笑，说到男生要怎样才会答应女生的主动告白，林西遥凑过来说："那还不简单，看脸！"

这时候想起这条犀利的答案，我竟然有些当真。顾潮生对青蔓，难道不是以此为标准？而我一直觉得他会拒绝我，我们之间没有可能，其实也不过是觉得自己没有青蔓漂亮啊。

如果顾潮生知道他在我眼里是这么肤浅，不知道他会作何感想。

这么一想，我又忍不住笑出声。阿宝戳我一下："你不会吧，又哭又笑，受了内伤？"

果不其然，顾潮生第二天就知道了我被拒绝的消息，他神色复杂到让人看不出是为我担心，还是想要说服我别再痴心。然而那天突如其来的大雨，许眠歌一个早自习都没来学校，我深刻觉得，作为刚跟他告白过、虽然被拒绝了却不应该这么快就死心的他的追求者，我应该关心一下他的去向。

于是我撑着伞，拿着当天仅有的零花钱，根据许眠歌舍友的提示，跑到校外买了感冒药、矿泉水和一些杂七杂八的零食。可结账时才发现，剩下的钱连坐车回家都不够。

回教室时，许眠歌果然已经到了，懒洋洋地趴在课桌上，闭着眼，却不像是睡着了。

我把东西一股脑塞给他，豪情万丈地放话："我知道你不喜欢我，但这并不影响我喜欢你。"

声音不大不小，却足以让他身旁的同学全都清楚地听到。

我下意识抬头，寻找不远处顾潮生的眼光。他非常恨铁不成钢地甩给我一个"你没救了"的眼神，就别过头不再看我。

快放学时，我厚着脸皮去找顾潮生："我没钱坐车了。"

顾潮生正收拾书包，头也不抬地问我："钱呢？"

我伸手在空气中胡乱比画了两下："买药！"

顾潮生手里的动作一顿："跟我借车费？"

"不是。"我斩钉截铁，继而开始赔笑脸，"我们走路回家吧！"

傍晚的天色昏黄，我们回家的那条街道路很长，我和他路过一座大桥时，夕阳的光照过来，我想起歌里有过的画面：那一天，那一座阳光灿烂的跨海大桥，你说只要一直跑，那一边就是我们的天涯海角。

那首歌的后半部分却煽情得让人想哭：那已经是很久很久以前的事了，虽然，曾经是很深很深的感情。

运动会后没多久，学校又开始操办男子篮球赛。许眠歌的场次是连续两个礼拜的每周一三五放学后。那段时间这也成为大家的必修课，因为热闹，几乎人人不肯缺席。

只有顾潮生，一脸的"我对篮球没兴趣"，并且还以自己不愿意看为理由，拼命拉我早点回家。我当然不肯，有许眠歌参赛，如果我不去，却被顾潮生叫走，岂不是显得我对他非常唯命是从？

我绝对不给自己露出这种明显破绽的机会！

并且为了证明给所有人看，我不是那种受一次打击就退缩的人。我照例拎着矿泉水，招摇地坐在最前排，一到中场休息就跑过去给大家送水。

顾潮生恨铁不成钢地在不远处等我，等我完成这一系列任务，然后得不到许眠歌任何回应，卑微地绕回到树荫下他的身旁，接过他递给我的书包，一起回家。

路上我照例笑嘻嘻和他说话，这样持续一个礼拜后，顾潮生在一个八竿子打不着的话题结束时，没任何预兆地把脸一沉。

"温澜！"他生气地脸鼓成一个包子，"你到底怎么搞的！被人拒绝还不够丢脸，还要一次又一次贴上去？"

不知道是不是感受到他的关心，我反而有点开心："什么啊，我不觉得我很丢脸啊，我只不过在向我喜欢的人示好！"

他对于我的不怒反笑非常不能够理解，在原地站定，一本正经地盯着我瞧。我被他盯得发怵："我就喜欢他！不行吗？"

顾潮生的脸上一阵红一阵白，我竟然把他惹怒了。

还没等我做出反应，他一句话都不留，转身就走。我在后面一路追，喊他的名字，他也不理。

走到我家巷口的拐弯处，我最后一次喊他："顾潮生！"

他终于停下脚步，回过头。

我以为他消气了，却没想到他冷漠的眼神没有任何温度，他说：

"明天别等我了。"

　　顾潮生后来说，当时他只是一时被我气得缓不过来，所以才撂下狠话。但他怎么都没想到，隔天清早，他想到不用再提前十分钟陪我去找许眠歌，一个不留神就出门晚了，成功错过两趟公交。

　　他匆匆跑向车站时，看到我面色慌张地站在太阳底下。

　　我递给他一封信。

　　他回忆说，那时我的表情像一只手足无措的小兔子，感觉我似乎生怕他不愿意接下那个薄薄的信封。

　　我听他这么叙述时，才知道原来我也曾经在他心中印象深刻。

　　他到底还是不忍心地接过信，上车后才打开。

　　那张纸上，是密密麻麻的满满一页小字：对不起。

　　顾潮生说，他很久之后只要一想起我曾经因为他一次小小的脾气，而给他写过那么多的"对不起"。

　　"觉得你是真的把我当成很好的朋友。"这是顾潮生的原话，"我当时觉得，从来没有人对我这么用心，立刻就原谅了你。"

　　顾潮生不知道，那个晚上我是哭着写完那些"对不起"的，却担心一不小心泪水滴落，纸页要被眼泪浸湿留下痕迹，只能将脸颊深埋于软弱的十指指缝间。

　　我第一次清晰感觉到，自己那么害怕。

　　害怕他真的不再理我，害怕他从此再不等我，害怕我竟然为了一个我根本没喜欢过的许眠歌，让我真正在意的少年看到我就觉得讨厌。

　　我也是第一次顾不得考虑，如果被人发现这封信，被人发现我竟然这么在乎他，该怎么办。

我只想抓住他，我向上帝祈祷，就让我上课被罚站，考试遇挂科，只要顾潮生别不理我。

很多事都可以通过努力办到，哪怕是让一个原本不喜欢你的人爱上你。

只可惜这样的理论，我很久后才听人提及。

而那时，我回想起自己所写的"对不起"，想到我很想很想顾潮生能原谅我，他果然就原谅我了。

想到林西遥很努力地接近他，想到自己，如果当初的我也能努力地变得更好，努力地在我们还没有那么熟的时候，就告诉他，我喜欢他，也许一切会不一样呢。

很久之后，顾潮生向我推荐了一本叫《秘密》的书。说到这本书时，他竟然也对我提到这个理论。

我当时矫情地假装犯困，打了个呵欠，眼眶中的泪意便得到了最好的掩饰。

时光都在讽刺，嘲讽我从没争取。

2003 年的情人节，下了场很大的雪。

正值寒假，我和顾潮生还有班上几个尖子生，报了物理老师的小灶补习班。那天上完课，准备回去时，我忽然喊住他。

扭捏了一会儿，我说："最后一次。"

顾潮生最多只花了两秒，就明白了我的意思。我手里抱着个礼品袋，袋了里是我买给许眠歌的一条围巾。

这时，陶姜不知道从哪儿冒出来："你们在说什么呢？"

我还想遮掩下，顾潮生已经大大咧咧地把事情和盘托出，并且轻松地丢给我一个赤裸裸的嘲笑："你说的，最后一次！"

"就这么愉快地决定！"我完全无视他话里话外对我口中"最后一次"的不相信，只觉得很快乐。

没想到情人节我竟然可以和顾潮生一起度过这大半天的时间，大雪天他陪着我，脚印一深一浅地抄小路往前走着，那一刻其实我心里全无什么许眠歌，我眼中的全部，只是与顾潮生有说有笑地聊天散步。尤其是越下越大的雪，纷纷扬扬落在我和他身上，我很想问一问顾潮生，你不冷吗？这么冷的天，你明明可以一早坐车回家睡觉，为什么要陪我啊？

但陶姜忽然在半路出现，一蹦一跳地路过了我们身边。我完全没多想她为什么会这么巧也出现在这条路，还和她自然地打了声招呼。

来到许眠歌的宿舍楼下，因为雪势太大，去往他们宿舍那条很长的露天阶梯，早已经铺满了厚厚一层白雪。

顾潮生在楼下等我，我有点艰难地踩着别人的脚印，一步一步往上走。

好容易走完那二三十步，我回过身去，望了一眼站在雪地里的顾潮生。他冲我笑得灿烂，那笑容似乎在对我说：加油哦！

一瞬间，我竟鼻子一酸，赶忙侧身走向许眠歌所住的那间八人寝室。

门竟然敞开着没锁，我刚要自来熟地进去看看有没有人，就听到一个再熟悉不过的声音："你到底喜不喜欢她？"

陶姜竟然在里面！

时间静止了三秒，她这个问句似乎没得到回答。

"所以是喜欢？"我听到陶姜追问。凭当时对语言环境的感受，我粗略辨识出听到这个问题的人应该是摇了摇头，所以她才会又补一句："那就是不喜欢？"

"嗯。"这次我清清楚楚听到了一声回应。

脑子轰的一声炸开，这是……许眠歌的声音？

"你既然不喜欢温澜就去跟她说清楚啊，干吗给她留面子？"陶姜的音量忽然拔高了两倍，"让她这样纠缠你，很有意思？"

这一刻，我整个人极其不自然地、迟钝地、不受控制地推开了那扇门。

手里的围巾被我用尽全身力气砸向坐在房间一角的许眠歌。而陶姜，从头到尾眼光只落在他的身上，看都没有看我一眼，似乎对我的出现完全不感到惊讶。

我感觉自己一定是太入戏了吧，才会忽然浑身战栗，转身摇摇晃晃朝门外跑去。出现在我眼前的，仍然是来时那条长长的楼梯。顾潮生看我冲出来，完全搞不清楚状况地大声向我喊话："怎么样了啊？"

我刚想回答，脚下猛地一滑，接着从高高的楼梯顶端往下滚去。

好在积雪很厚，我才能在摔得这样狼狈后，没伤筋动骨，还能自己站起来。

我看到陶姜追出来，蹦蹦跳跳地下楼，做出要来搀扶我的样子，第一句话却是问顾潮生："她怎么了？"

那一瞬间，有无数句反驳涌到我的喉咙口，让我想要与她对质。

但浑身上下传来的痛楚，甚至已让我失去大哭一场的力气，我张了张嘴，什么也说不出。

我不明白她为什么要做这些。

特地赶早地算准时机，是为了替我出口气，还是为了亲眼看我出糗呢？为什么我要去见的人不是顾潮生，她也要插手干涉？

为什么不管我"喜欢"谁，她都要来和我争啊？

自尊心莫名被打开一道缺口,我忍住眼泪,独自不发一言地往前走,每一步我都走得十分用力,却偏偏摇摇晃晃,重心不稳。

我想那时候,我的背影一定很狼狈。

顾潮生在身后喊我的名字,而我无意间瞟到陶姜一副自己要摔倒的样子,伸手去拉他的胳膊。那个动作似乎也是在对他表达,不要来安慰我,这时候应该让我一个人静一静。

但这一刻,我不知从哪儿来的自信,坚定地觉得,顾潮生不会丢下我一个人不管的。

他不会让我孤单地一个人哭。

想到这,我的脚步迈得更是用尽全力。

我在跟自己打一个赌——

赌顾潮生更关心的那个人,是我。

我赢了。

"你是不是生她的气啊?"身后顾潮生健步如飞地追了上来,小心停在我身边,"别管她,告诉我,你怎么了?"

他伸手轻轻拍掉了我肩头的雪,又自然而然地替我整理了头顶散乱的发。那样触手可及的温柔,让我忍不住有些贪图——

贪图雪再也不要停下,贪图他就这样在我身边,时光不散。

有了顾潮生的关心,我再也控制不住自己的情绪,不再掩饰地捂住脸,哭了。

我哭是因为我竟然在顾潮生面前狼狈地滚下了楼梯,就像跌倒了如果没有人在身边就能独自站起来的小孩,此刻正因为他在,所以我娇气地掉下了眼泪。

我没告诉他陶姜说了什么,是因为我不想成为和她一样的人。

不论她的所作所为是想证明给我看,她和许眠歌的关系要远胜于我，许眠歌会愿意对她诚实，还是只想看到我出糗被拒绝……

总之，她都做到了。

但我却没机会告诉她，许眠歌从来不能成为她伤害我的武器。

过后，我把事情的来龙去脉告诉了阿宝。阿宝的反应果然比顾潮生够意思，立刻判断这样的情况绝对是只能错杀不能放过。

"顾潮生必须跟我们保证！"阿宝义正词严地跟我计划着，"保证他不能再跟陶姜牵扯不清！"

话虽如此，但我们都清楚，这样的话只能是说说而已。顾潮生的事情，只能由他自己决定。面对因为喜欢他才来接近他的陶姜，他看起来的态度始终是，做得太绝不好。

但我们谁都没料到，接下来，陶姜会搬起石头砸到自己的脚。

顾潮生除我和阿宝之外，在篮球队还有个关系不错的哥们儿钟暗。追溯到他一开始和钟暗混熟时，我们都还蛮诧异。毕竟他们两个的爱好，完全属于道不同不相为谋的类型。

篮球不离手的钟暗，和日常休闲娱乐是阅读的顾潮生，竟然在某次体育课上，忽然就不知找到了什么共同话题，接着勾肩搭背散步聊天，不知不觉环绕操场整整三圈。

我不太能消化这个事实，顾潮生竟然另外有了好友，这难道不是要抛下我和阿宝的节奏？

夏天的小卖部门口，钟暗和顾潮生远远看到我和阿宝，居然做了个我这辈子都不会忘记的动作。他们俩竟然互钩着小指，动作非常夸张而搞笑地迎面走来。

阿宝一阵扶额，表示"那画面太美，我不敢看"。我俩刚想吐槽几句，就听到顾潮生犀利地把手一甩："现在知道矫情了吗？你们两个平常在我面前就是这么矫情!"

他说着瞪我和阿宝一人一眼,旁边钟暗笑着添油加醋:"怎么样,学你们学得也还传神?"

阿宝抬腿就做出个要踹钟暗的姿势,但这也挡不住钟暗继续吐槽:"他这是吃你们俩的醋呢……还好现在有我了!从今往后我不会让他落单的!"钟暗说到这里又觉得不对,"不过,得除了打篮球的时候。"

"温澜,"顾潮生这时候似乎总算恢复正常了,但很快我发现他只是在变得更加不正常,他竟然咳了一声,继续说,"你唱首歌吧。"

我搞不清楚状况地"啊?"了一声,他再自然不过地强调:"你唱首歌给钟暗听听。"

钟暗也在旁边怂恿:"是啊,顾潮生说你唱歌特别好听。"

大概是这句话的最后四个字打动了我,我竟然会天真地觉得他们俩是真诚的。顾潮生这种在别人面前展示我的行为,让我错误地判断他是真的在夸我。

我清了清嗓,按照钟暗的要求哼唱了两句。

然后,我就看到他们两个不大对劲地对视一眼,表情微妙,一看就是在憋笑!

"哈哈哈哈哈哈哈哈哈哈!"钟暗显然没有顾潮生扛得住,"你唱歌真的好特别!哈哈哈哈哈哈哈!"

"什么特别啊,挺好听的!真的!"顾潮生伸手拧了他胳膊一把,那一刻我真的觉得我不太好了,这算什么啊,最佳损友吗?

不等我放狠话,顾潮生抓着钟暗的胳膊以迅雷不及掩耳之势杀向小卖部,溜了。我呆呆站在原地,听到顾潮生远远喊出一句:"我就是跟他炫耀了一下你的音高,一般人都唱不上去……"

他们两个互相掐架的笑声渐渐远了。

我愣在原地，似乎完全不在意被钟暗嘲笑了半天。在我心里，只想到顾潮生说的炫耀。

听起来，好像我是他的私有物，才让我有资格被他拿去向别人炫耀？

如果说有什么事情，让我觉得顾潮生曾和我好接近好接近，那么，大概就是他把我纳入他世界的那些零零碎碎的画面。

倒数第二节课下课，顾潮生忽然给我扔来个字条。

我打开看，上面写着：我好生气。

我偏头看他，发现他眉间竖成一个好笑的"川"字。察觉到我的目光，他对我挤眉弄眼，然后做出一个手势：嘘——

我用口型问他："怎么了？"

他表情丰富地扯了扯嘴角，嗯，看起来确实很不高兴。然后我收到他的第二张字条，内容是：钟暗说陶姜最近都在给他写信。

"啊，情书？"我继续用嘴型问他。

顾潮生更不高兴了，又怕被人看出端倪，他气呼呼地写下：你注意点！不是啦，是一些日常，我都看到了！

我写：那你有什么好生气的……难道你喜欢陶姜？

其实我写这句话的时候知道这不可能，顾潮生的眼光可高了，他喜欢的可是我们班的女神好吗？

"我怎么可能喜欢她，阿宝不是说她……"顾潮生在这个句子末尾打了几个省略号，我下意识抬头去看他的表情，果然还带有一丝丝调侃的笑意。

我忍不住也笑了，想到他每次陪我去找许眠歌时，都会心血来潮抓着我的胳膊一通摇,开玩笑往我身上乱安成语,什么喜新厌旧、见异思迁、忘恩负义……说着说着他自己都笑场。

不过,这些到底和我有什么关系!

两天后放学,我还在等顾潮生来我座位旁催我,却没想到他一脸兴奋地跑过来,只扔下简单一句:"今天你先走吧,我还有事。"

我有点奇怪,他居然没告诉我他有什么事,还表现得遮遮掩掩。

不知道怎么了,我心里竟然有些慌乱的预感。

我尽量保持平静地说:"嗯,好啊。"

他离开我的座位后,我在教室里又磨蹭了很久。

数学书、语文书、物理书、政治书……它们被我反复换成不同的排布顺序塞进包里,又拿出来。还是觉得不妥,重放。

直到我看顾潮生终于起身准备走人,这时教室里竟然已经只剩下四五个人。而他,这样都没有注意到我还没走。

他起身的刹那,我瞥见另一组的林西遥也几乎是同时站了起来。

我原本已经迅速提起被我塞得鼓鼓的书包,准备装作无意跟上顾潮生,瞧瞧他打算去哪儿,当下却膝盖一软,跌坐回原位。

这声音惊动了他们。

顾潮生扭头才发现我竟然还没有走。

他思忖半秒,便信步回到我跟前:"你都看到了啊……"

我紧张地疯狂思考自己要怎么措辞,空气凝滞了,我却并没有找到合适的解释。

"我答应她了。"顾潮生说着,整张脸贴了过来,依附在我耳畔。他声音特别小,但我仍然听清楚了。他说:"试试。"

那是记忆里，我所记得的最最清晰的，顾潮生对我说过的七个字。

其实他还跟我讲过不少温柔的话、体贴的话，或是故意用来逗我的笑话。

但那些都远比不上这单薄的一句，在我回忆中所占据的重量。

我望着他，强忍着自己内心所有情绪，抱着仅存的那么一丝丝侥幸，问他："试试？"

他的声音仍然贴着我的耳畔，很轻很轻："你觉得呢？"

……

什么是"你觉得呢"？我哽住。

"你觉得不好吗？"顾潮生的声音竟然有些委屈，"她对我挺好的，虽然，我感觉我也不是特别喜欢她……"

"你上次不是还跟我说,"或许是这句似是而非的解释给了我勇气，我一狠心问出了那个问题，"我上次问你喜不喜欢她，你不是说……"

"对啊。"顾潮生似乎了然于心，"所以，我才答应她只是试试嘛。"

"……哦。"我闷闷地低下头。

"你是不是觉得不好啊？"

顾潮生居然一直在追问我的意见，我觉得更加难堪了，他想让我怎么回答？回答"好"，然后目送他高高兴兴去约会；还是"不好"，然后让全世界包括我自己都会觉得我是在妒忌？

"要不你问问阿宝。"我没头没尾地说。

顾潮生顿了一下·"那还是算了。"

"……那明天早上还一起走吗？"我小心翼翼问出我最关心的那个问题。

"当然啦。"顾潮生诚恳地看着我的眼睛，但他却很快补充，"只不过，以后放学，我可能就不跟你一起回家了。"

"……好。"半晌，我才淡淡说。

那一刻，我其实胡思乱想了很多：

要去送她回家吧，我知道。

送她回家吗？

你以后每天都会送林西遥回家？

要不我等你送完她，我们再一起回家也行啊。

说不定，你会发现她也没有那么好？

只是试试而已，我干吗要那么难过。

作为好朋友，你找到了喜欢的人，我应该祝福你啊。

……

然而这些话，我无一例外说不出口，只能勉力冲顾潮生露出一个"我明白啦"的微笑，然后抢先一步，跨出教室门。

顾潮生不知道，我快步一路小跑着下楼，最后躲到一楼楼梯背面的死角，一个人紧挨着墙壁，慢慢地蹲下。

我忽然发现，自己成了做作又矫情的那种女生——

明明心里难过得不行，却一点儿也不敢表现出来，更不敢让他知道。

明明我才是最接近他的那个人，却眼看着别人捷足先登。

脑海当中反复回播的，是顾潮生说的那句"试试"。

他当时说，觉得林西遥对他很好，所以他打算和她试试。

那如果是我呢？

天晓得我有多羡慕，多嫉妒。我有多渴望得到那个"试试"。

如果向你告白的那个人是我，你也会因为我对你很好，而愿意试试和我在一起吗？

066

告诉我，你会吗？

我哭够了，才擦干眼泪走出教学楼，远远却看到顾潮生和林西遥双双并肩往校外走的背影。

夕阳淡淡笼罩住他们，他们的影子被拉得老长，却又紧密相依。

就像从前的很多个傍晚，我和顾潮生也是这样肩并肩，走过长长的街。

那时的我，从来没想过会有一天，他也会送别的女生回家。

我鬼使神差地跟在他们身后，隔着十几米开外的距离，看到他们偶尔搭上几句话，她笑得甜美，轻柔的步子里夹杂着几分说不出的美艳。我才发现她做了直发，穿了小洋装，她在顾潮生生日过后这段不长不短的时间里，竟很快出落得颇有几分亭亭玉立的味道。

我下意识对比一下自己，宽松的校服，高高梳起的马尾，看起来没有任何优势能与之抗衡。

而这时候，十字路口有辆车开得很快，与他们擦身而过的一霎，顾潮生一个极其自然的动作，将他身侧的少女不费力地半拉入怀中。

我觉得自己就要窒息了，真的。

我再也不敢看下去，怕自己会当着路人的面掉眼泪。

我扭头独自上了回程的公交，忽然悲伤地想，是不是从今以后，顾潮生再也不会和我一起回家了？

他以后就是别人的男朋友了，男朋友都要送女朋友回家，然后才自己回家。

我认出顾潮生的去向，就是林西遥住的那片小区。

那个晚上，我到家后默不吭声地吃了晚饭，然后从冰箱摸出一个苹果，似乎在打发时间般，不紧不慢地把它啃完。

然后，我想到了没写完的作业。

可我那么不愿意走进那个需要独处的小房间。

我点着了房里所有的灯，盯着自己的作业本，却发现每一道习题都看不进去，每一个填空题都不知道要写什么。本子上的泪水洇开，湿了一大片。

我发现自己哭了。

没有发出声音，但那真的是我记事以来，第一次哭得那么那么伤心。

顾潮生，我眼看着你和别的女孩子在一起，我甚至不敢问你，那青蔓呢，她还住在你心里吗？

我只知道我好讨厌那个懦弱又没有勇气的自己。

我竟然一直以为，你只会和你的心动女生在一起。

早知道你这么好追，早知道你竟然能被其他女生追到，我是不是就不会一直坐以待毙了呢？

我打了个电话给阿宝。

电话接通时，她听出了我的哭腔。其实我是想把这个关于你的秘密告诉她的，但最后关头，我还是说不出口。

不管怎么说，你已经决定和林西遥在一起。不，你们已经在一起了。我说什么都晚了，不是吗？

顾潮生，可我只是有点儿难过，我还有点儿后悔。

虽然我知道时光若能倒回，我仍然没有预知未来的能力。

我最缺少的，其实是若要对你告白，就要面临哪怕是万分之一的，失去你的概率。

面对你，只有我知道，我究竟有多输不起。

后来我看到一句话说，生命里的最最舍不得，总是藏得最深，且不让人知道。

你便是我唯一不能宣之于口的秘密。

我后来听过一首歌，那句歌词好像在形容我和你：你是我再没可能完成的梦。

这首歌首发时，我在 KTV 无意听到，一个人跑到洗手间大哭。

事隔多年，我仍然能清楚回忆起那个傍晚的每一帧画面。

"我不是嫉妒，我只是希望……希望他选的是个很好的女生。我只是不想以后都要一个人回家，我不想最好的朋友被别人抢走了而已……阿宝你明白吗，我没有希望他们分手，我只是有点难过。"我控制不住地胡言乱语，"但我很快就会好的。"

我吸了吸鼻子，不知道这句话是说给阿宝听的，还是说给那个仓皇而不知所措的自己。

"这世间有无数可能 / 而人越想要 / 越没发生 / 就像我不可能 / 参与你的皱纹 / 我到不了 / 到不了 / 到不了 / 越美得不得了 / 越不能到老 / 那个有可能的人不会是我。"

第四章

我以为我已忘了曾经爱过你
直到我一看见你泪涌出眼底

失去顾潮生音讯的五年间，有次我在街上漫无目的地散步，忽然听到一首他以前在 KTV 点过的歌。

是无印良品的《掌心》。

记不清是我哪年的生日，开了包厢喊朋友唱歌。因为人来得零零落落没几个，所以大家都没什么兴致，没待多久就已经走人。只有他，百无聊赖地把腿搭在茶几上，一首一首地点一些开着原唱的歌。

播到这首时，顾潮生问我："看过这个 MV 吗？"

我摇摇头，他特别得意又一脸神秘地说："这个 MV 里有鬼！"

那一瞬间，我恍惚像回到很多年前，遥远的夏天傍晚。黑板报写到一半的我们，教室里，他也是这样神神秘秘，说："温澜，你猜我们学校有鬼吗？"

我揉了揉自己发胀的眼，配合地做出夸张而期待的表情，等他说下去。他开心地一路等剧情往后播，比画说："快了快了，马上了！你看就那个窗后，不知道为什么多了个人影，本来是没有的！白裙子！看到了吗？"

网络上很多人曾提到过这个谜样的画面，但我却是因为顾潮生说，才知道的。

有的八卦可能换个人说，很快就忘了。但有些小事，却因为是他告诉我的，我都记得特别清晰。

后来，他又点了五月天的《突然好想你》：最怕空气忽然安静，最怕朋友突然的关心，最怕回忆突然翻滚，绞痛着不平息……最怕突然听到你的消息，最怕此生已经决心自己过，没有你，却又突然，听到你的消息……

　　是一首我听过好多遍的歌。

　　据说，记忆最深处所储藏的每一首歌，都能令我们回想起一个人，一段时光。

　　而你，你在我的世界留下了太多首伤感的歌。

　　失去你音讯的五年，我偷偷刷你极少更新的微博，把你每条简短到不足 140 字的内容看了一遍又一遍。看你去各处旅游的照片，想象替你拍照片的那个人，会不会像我一样想要把你的每个表情牢牢锁在眼底。

　　我站在路边，不愿挪动脚步地坚持把那首《掌心》听完，有点难过地掏出手机，组织半天语言，发出一条微博，内容有些矫情：不能再看到你的笑脸，不能再和你彻夜谈天。不能再共你度过新年，不能再与你天天见面。

　　这句话是写给你的，但你根本不知道。

　　你不知道的事情太多了。

　　顾潮生，你不知道每次你跟我说手机没话费了，问我在哪里，方不方便顺手帮你缴费。我即使在家已经躺下要入睡，都会立刻套上外套，出去找小店替你充值。

　　你不知道，和你同班的时候我学习有多努力，就只为了让你在考试想找人对答案时，笑着对我说一句：温澜，我就知道你最好了。

　　你不知道每年春节我最期待的，不是除夕也不是年初一，而是初三初四你走完亲戚，百无聊赖地打来电话，约我出去走走，然后我们在下雪天穿过人潮拥挤，穿过街灯辉煌。我走啊走啊，却心知肚明，怎样也走不到你心里去。

以前流行一个说法，就像阿宝说曾有男生告诉她，如果三十岁还嫁不出去，他娶她。

听到这个似是而非的承诺时，我只想到你。

如果有一天，我们都很老很老，老到走不动路了。你若没了身旁的伴，你如果恰好也会孤单，到时，我会不会有机会去找你？

十年，三十年，六十年，你猜我等不等得起？

顾潮生和林西遥恋爱后，阿宝竟然也有了喜欢的人。

她跟我说起这件事时，叮嘱我保密，即使让顾潮生知道也不行。

后来我才知道，这世上有种距离叫作"不要告诉别人"。而当顾潮生成为阿宝口中那个"别人"，注定我们的小团体出现了危机。

顾潮生忙着恋爱，一个礼拜五天中，最起码有三天都不和我一起回家了。

但我还庆幸着好在他们也不是天天都约会。

阿宝喜欢的人比她年长一旬还多，是她妈妈的朋友。她父母离异后，妈妈一直单身，偶尔带一群朋友回来通宵打麻将。就是在这样的场合，她认识了那个足以改变她一生命运的男人。

他带阿宝出去玩，唱歌，兜风。阿宝在放学后的操场上，迎着微醺的风跟我说，她想让他爱上她。

我在心里骂她疯了，嘴上却只能劝她再考虑考虑，生怕言辞过激，让她觉得我也不懂她，不足以让她放心交心。

她斩钉截铁，说已经决定无论如何都要争取。

那天晚上放学，顾潮生没有和我一起，阿宝孤注一掷拨通了她男神的手机，我不知道自己能做什么，一个人在车站坐了很久都没有回去。

直到街灯都亮起，我忽然看到不远处顾潮生的背影。他送林西遥回了家，然后回到这个站等车。他也看到我，快步走过来，拍一下我的脑袋，问："你怎么还没回去？"

我装作若无其事，生怕自己的担忧被他看穿后，会把阿宝的事暴露。

"那一起走吧。"他说。

很久以后，我都忘不了那个晚上。

也许是被阿宝的勇敢所影响，我走在顾潮生身旁，看地上我们两个长长的影子紧挨在一起，我伸出手指，朝他的手所在的位置，很慢很慢地伸过去。

看起来像是我真的和他牵着手，一眨眼，光阴就这样沉寂。

他仍然和我聊天说话，好像我们之间从没有过别人的介入，他没有提到林西遥，我也没有提许眠歌。

过马路的时候，他走在前面，多出几步之外的距离，回过头，笑着看向我。我迎着他跑上前去，有那么一瞬间，我真想自私地、随心所欲地说些什么，或是做些什么。

但偏偏脑海中总有个声音不断地提醒我，他现在已经有女朋友了。此时此刻，我说的话，我这个人的行为，都要得体，要有界限。

更何况，从前生怕失去，倘若我现在脱口而出，也只会令那些我妄图抓紧的，流逝得更快。

我不知道如果那天我阻止了阿宝，以后她会不会怪我。

但我担心的事情并没有发生。

第二天清早她出现在教室，告诉我，男神说她还小。

"他说我不是他喜欢的型。"阿宝复述给我听，眼神里流露出失落，"他到底喜欢什么型，他就是嫌我不成熟，不是和他年纪相仿那一型！"

"但我没办法立刻长大。"阿宝说完垂下眼，很悲伤的样子。

我不知道那一年的阿宝究竟有多喜欢她的男神，也不懂她口中飞蛾扑火般炙热的爱情。但我想，这世界上总有一个人，当你遇到他的时候，世界好像停止了旋转。

你在不懂爱的年纪，也想轰轰烈烈得到他的垂青。

阿宝没有放下男神，但她做了让自己最痛，且再没回头余地的事情。两个月后，阿宝辍学。我是最后一个知道的人。

她一周没来学校上课。陶姜再来学校时，用一种胜利者的姿态告诫我，从今往后再没人替我撑腰，让我别再得意。

我来不及唏嘘，这才知道阿宝不是生病，也根本没有请假。

那天下午一直下着淅淅沥沥的雨，阿宝来学校收拾东西，她怀里抱着一个大纸箱，里面有两本厚厚的日记，全是她写给男神的信。

"你替我保管吧，我不想要了。"阿宝说，"他还了我一个人情，我们谁也不欠谁。"

我接过来，搂在怀里，声音里无法控制的颤抖，我问她要去哪里。

她凑到我耳边，对我说了一个秘密。

男神没有答应阿宝，她因为被喜欢的人否定而一蹶不振，整个人颓废了下去。

"我打算去外地找工作，我妈答应了。"她别扭地不再看我，"反正，正好替她省了笔钱。"

我听到"外地"两个字，眼泪再也忍不住地夺眶而出，伸手去拉她的衣角，却完全不知说什么好。阿宝嘴角扬起一丝苦笑："没事的啦，我会给你写信。"

她来时刚好是午休，我找顾潮生借了把伞，送她出去。借伞时，顾潮生小声问我怎么回事，我没有回答。

他侧过脸去看阿宝，她却不敢迎上他的目光。

我拉起阿宝的手往外走。

从那以后，阿宝再没来过学校。

有很长一段时间，她都在学校附近一家茶馆式KTV里帮忙，端茶倒水做点杂事，我有时路过会去看她。

直到有天我去时，没有找到她。再然后，我失去了她的消息。

又隔了很久，我登录E-mail时，收到她发给我的邮件，内容简短，只说她在外地一切都好，让我不用担心。信的末尾她问："顾潮生怎么样？"

我想说：他和林西遥挺好的。

但打出这行字，忍不住又删去。

学校里没了阿宝，陶姜不再对我有所忌惮，林西遥也不再和我假意打成一片。我有点孤单的时候，总会想起当初阿宝、顾潮生我们三个整天玩在一起。

这样落单的时光，持续了很长一段时间。

直到有次顾潮生来跟我借书，我刚准备拿给他，却听他说是要借给林西遥看。

虽然我的小气没道理，但我就是不乐意。

"不借！这本书是我买来珍藏的。"我信口胡诌，"别的书都可以，就这本不行。"

顾潮生有点生气："小气！"

"……就小气。"说出去的话泼出去的水，我不肯妥协半分。

最后，他气呼呼地扔下一句："算了，我自己买去！"

我后悔了。

早知道我不借给他，他会自己贴钱买本送给林西遥，我就不这么倔了。但这时候，我实在也不好意思再反口。

这件事后，顾潮生好多天都没有理我。

我预料之中的事情，最后还是发生了。

在他的心里，林西遥已经变得很重要，很重要。

原来一个人喜欢另一个人，真的是个从零到有的过程。我想顾潮生现在一定不记得，当初是怎么跟我说他只是想和林西遥"试试"的了。

很多年后，我看过他更新的一条微博，配图是一张他和林西遥常去的公园小径。文字内容是：我的初恋就在这里。

虽然后来他也喜欢过别人，又被别的女孩子喜欢过，但在他心中，却只有林西遥一个，是打上耀眼"初恋"标签的女生。

她是他的独一无二。

暑假时，何毕转学去了济南。

最后一次见面，顾潮生喊上了我。我们一起去了顾潮生喜欢的饺子馆。我默默低头扒拉盘子里的水饺，吃得非常艰难。

我不爱吃饺子，但我喜欢看顾潮生吃水饺时，很畅快的样子。

顾潮生说过很多次，何毕是他从小到大第一个最要好的朋友，虽然不在一个学校，但感情依旧。所以这时候，他看起来就像我得知阿宝退学的消息一样不开心。

回家路上，我试图安慰他："还有钟暗呢。"

没想到他莫名其妙一点就着："钟暗什么钟暗！"

我还不清楚发生了什么。但很快，我竟然再次从顾潮生口中听到一个熟悉的名字。

"你没听说吗? 钟暗最近都在追青蔓, 好长时间了。"他悻悻地说。

在这之前我以为青蔓已经从顾潮生心里除名了, 或者说我脑补成其实他也没那么喜欢她, 不然怎么会和林西遥在一起呢?

"我知道这样想很自私, 也没道理。"顾潮生走在我身边, 垂着头, 我看不到他的眼睛, "但我就是想不明白, 他明明知道我喜欢青蔓, 追过她但是没追到, 为什么他还要这样做?"

我想了半天, 才吞吞吐吐说: "可能他……是真的喜……"

"真的喜欢也不行! "顾潮生忽然提高音量打断我, 我注意到他捏了下拳, 但很快又松开, "还说什么好兄弟, 再说他根本没告诉我, 我还是从别人口中知道的。"

这时候我以为我会站在道德制高点, 批判他为什么不能对钟暗宽容一点。站在客观的角度, 我并不认为钟暗做这样的选择, 怀有着什么对他的恶意。

钟暗应该内心也很挣扎吧。我忍不住为他找了个"真爱"的理由。但很奇怪, 我竟然没有把这样的念头告诉顾潮生。

相反, 我只是默不吭声, 以沉默表达了自己的附和。

看到他那么生气, 如果"护短"能够让他开心一点, 我只希望这一刻他能觉得, 我是站在他这边的。

"那青蔓呢? "我顺着他的话问。

"不知道。"顾潮生说着, 又来抓我的胳膊, 歪着头盯着我看, "我是不是特别无理取闹? 但我只要一想到我的好兄弟要和我喜欢的第一个女生在一起, 我就不爽! 我非常不爽! 我就是不爽! "

顾潮生用力得简直要把我的胳膊摇断了。而我, 却意外从他的表情里看出了几分撒娇的味道。

我有一丝偷笑。

应该只有在亲近的人面前，他才会流露这样孩子气的表情吧。

虽然不知道是从什么时候开始的，但这一刻，我能清楚地察觉，在我面前，他已经无须刻意掩饰自己。我是那个让他卸掉防备的、亲近的存在。

"而且我不明白……"顾潮生撇着嘴的样子竟然让我觉得很帅又很可爱，"为什么他什么都要和我抢？陶姜要喜欢他，我懒得管也不想管，但是为什么他要追青蔓？"

"陶姜居然也喜欢钟暗？"我一惊。

不过想来，班上比较优秀又招女孩子喜欢的男生，也就无非他和钟暗两个。陶姜在他这里得不到回应，换一个目标，说来也不算稀奇。

我义愤填膺地建议："那你去找他打一架！"

"你太过分了温澜！"顾潮生用力一下拍在我背上，"你就给我分析一下，如果他真的追到了怎么办？如果没追到……如果没追到也不行啊！"

我终于再也忍不住地笑场："可能是他没你好看！所以想通过这些找点平衡，你大方点行不行？"

可能这样不合逻辑却又饱含维护的安慰，也只有我能这样理直气壮地脱口而出了吧。

顾潮生好像被我这个并不靠谱的答案安抚到了，他眼巴巴地看着我，追问道："你真的这么觉得吗？"

我不能更认真地点点头。

看到他被哄得服服帖帖的样子，我瞬间觉得好开心。

毕业会考前夕，原本很久没在我视线范围内出现的许眠歌，忽然来刷了一波存在。

有天上课，顾潮生忽然丢给我一卷透明胶带。

那段时间由于班主任"严打"，所以上课传字条已经会被乖乖牌们打小报告了。我和顾潮生研究出一个新办法，就是在作业本上写好要传给对方的内容，然后用透明胶带粘住，指甲在上面来回刮两圈，最后撕下，字迹就会非常清晰地出现在胶带上了。

真可谓是滴水不漏。

胶带上，顾潮生透露给我的讯息是：许眠歌在抽屉里用涂改液写了字。

回头去看，我才意识到，不知什么时候起，他的座位换成了和顾潮生同桌。

我写：什么字？

顾潮生打了个引号，把内容原封不动地照搬：顾潮生早恋！上课写情书给温澜！

看到的一秒，我强忍住内心的笑意。我回：他什么意思！

顾潮生的笔迹潦草：谁知道！看我经常和你传字条吧？搞不好你还有机会哦，要不要我帮你问下？给你三秒钟，赶紧考虑考虑。

我本来还只觉得挺好笑的，一看顾潮生这个说法，顿时怒从心起，完全无法平静。刚好这时下课铃响起，讲台上老师前脚夹着课本出去，我后脚噌地一下起身。

许眠歌也不过刚走到教室门口，不知道是打算去走廊上晒太阳，还是去楼下小卖部买零食吃。反正所有人都被我风风火火的姿态震住，目光不由自主集中到我身上。

我大步流星来到许眠歌座位旁，站到他凳子上，全无形象又凶巴巴地猛蹦跶了几下。

所有人以不可置信的目光锁定我，然后又齐刷刷看向许眠歌。

我不客气地一脚踏上更高一点的他的桌子，冲他霸气地喊话："别这么无辜！你做了什么心里清楚！"

说完，我非常解气地蹦下来，还不忘对一旁震惊的顾潮生眨眨眼，这才潇洒转身走了。

做完这一系列动作，我才发现自己其实紧张得心脏都要跳出心口。

这次之后，顾潮生有好长一段时间都一看到我就忍不住冲我抱拳，只差单膝跪地赞我一声"女侠"。

让我安心的是，其他人只以为我对许眠歌发脾气，是因为之前"爱而不得"，又或者是什么"因爱生恨"的戏码。

只有我心里清楚，当初他拒绝我时说得那么毫无转圈的余地，我都从没跟他计较过他不给我留面子的绝情，现在当然也不会因为他小气巴拉地吐槽我几句，就和他大动干戈。

但是，他竟然说顾潮生的坏话！

他好或者不好，最多只能我来评价，其他人想都别想！我不允许！

纵然许眠歌一头雾水，摸不着头脑，不懂我为什么大发脾气，但我也没解释什么。

当时我心里竟然还有一种隐秘的，能够保护喜欢的人的开心。

回忆起来，初中这场毕业会考，应该是我最后一次和顾潮生对答案吧。

但我却做了一件特别蠢的事儿。

开考前，顾潮生非常不肯认命地来和我商量对策，但无奈他和我不同教室。除非我早写完，提前出考场，才有极小的可能去楼下教室门外，偷偷和他比画一下。

当年我们还没有先进的手机，最后顾潮生有点儿无奈地妥协：
"实在没机会就算啦，保险起见吧。"

我心想，什么时候不是保险起见？顾潮生的成绩其实一直不错，
只是我俩总希望再互补一下，好争取更高的分数。

让人意外的是，最后一场，许眠歌竟然巧合地坐到了我前桌。

我看到他在认真地削铅笔，忍不住踹了他凳子一下。他扭头看
着我，一脸莫名。我笑了："握手言和吧，都要毕业了。"

"嗯。"他心领神会地答应，"那待会儿可以合作一下！"

他这个表情一下子让我想起几年前的顾潮生，但我竟然又没来
由地觉得有点儿讨厌，我当时颇为蹊跷的内心戏是：他干吗模仿顾
潮生？

开考后，我"唰唰唰"地飞快做题，心里惦记着待会还要找机会
把答案传给顾潮生。这时许眠歌忽然停笔，身子挺得笔直，我一看
他的动作就明白他要干什么。果然，他趁老师转身的瞬间飞速扔到
我桌上一个很小的纸团。

那一刻，想到他曾经说的"顾潮生早恋！上课写情书"，我奇怪
地被戳中萌点，微微一笑，在他背后小声问："你不是说传字条是早
恋吗？"

他身子一僵，然后干咳了一下，听起来也是有点像在憋笑。

我却瞬间回过神，想到我还要抓紧时间。又想到以许眠歌的成
绩，大概和其他企图抄我答案的同学一样，纸团上指不定写着多少
个不会填的题目序号。

我又不是真的喜欢他，他难道以为我公然追过他，就会在这种
时候不管自己，先写答案给他？他做梦！

想到这我内疚感全无，赶紧做完试卷，提前交了，然后快步下楼。

这时候，我真是不得不感叹一句，顾潮生的运气实在太好了！他竟然挨着窗边，坐在第一组第一个，而那扇窗户的右边，还不偏不倚地有一个拳头大的破洞……

于是，我掏出刚才已经写好答案的草稿纸，揉成一团，顺着那个玻璃洞塞了进去。

顾潮生顺利避开老师，捡到，然后写完，刚好踩点交卷时间。

一切天衣无缝。

顾潮生出来后，我拉着他回教室收拾书包。刚走几步，我忽然想起来，兜里那个被忽略掉的许眠歌的求助……

我随手掏出来，不经意地展开，顿时晴天霹雳！

怎么也没想到，上面密密麻麻都是他抄写下来给我的答案……而这上面不乏我自己也不太确定的题……

我倒吸一口凉气。

早知道是这样，就算不拯救自己，我也一定把这张丢给顾潮生啊！我认命般遗憾万分地闭眼，像在完成一场忧伤的祭奠。

而这时顾潮生探过头来，灵敏地发现了这个秘密。

他"砰"的一掌拍在我头顶。

"温澜，你竟然没把正确的那份给我！为什么会这样，你知不知道这次毕业会考……"下面一句他似乎已经不是在质问我，而是在说给自己听，"不过其实也不太重要了，她早就决定好了……"

他还想继续说，但这时偏偏钟暗刚巧经过，发现了我们。他过来和我们打招呼，也让那句话就不那么不尴不尬地中断了。

我知道，顾潮生已经很长一段时间和钟暗不远不近。虽然偶尔也会碰面，一群朋友聚会时，他们甚至无一缺席。但私下里，他们却远没了之前的亲密无间。

我随口把林西遥扯出来打圆场，说都怪他重色轻友，都不找我们玩。钟暗像没听到我的话一样，问顾潮生："考哪？"

"还没定。"顾潮生说完这句，我才忽然感伤。

一想到这次大概不会再这么好运，能和他去高中继续同校同班，我也忍不住追问道："总有个打算吧，或者是目标？"

等他回答的这短短几秒钟里，我甚至已经把"他想去的学校我会不会考不上""又或者我发挥失误怎么办"之类的种种可能性，在脑海中全部过了一遍。

这时青蔓也交完了卷，从教室出来，刚好和我们擦肩。

"考得怎么样？"我还没回过神，就听到钟暗大大方方地喊出青蔓的名字，并且一把拉住她的手腕。

顾潮生的表情整个一呆，极其不自然地往我身边挪了挪。

我想我明白了顾潮生的意思……

"不会吧！你们什么时候关系这么好了？"我故作夸张地指着钟暗的动作，"我肯定是看错了，你们该不会是……哦我肯定是看错了……"

就算顾潮生不是这个意思，我也管不了那么多了！

眼看就要毕业了，此时不替他出了这口气，更待何时？

我说完还觉得蛮过瘾，又补一刀："该不会你们约好一起考省重点了吧？"

青蔓的脸一阵红一阵白，看起来似乎并不受用。我很快明白过来，如果女生被这样调侃，神情都看不出一丝甜蜜，那么那些传言的真实度，似乎也就昭然若揭。

钟暗却娴熟地敲我一记："有空还是先操心下自己考哪里吧！"说着松开青蔓，在她背上温柔地轻拍一下，"我先走啦。"

他的背影从容自在，看着也不像有什么的样子……我默默想着，这时候轮到我有点搞不清楚状况了。

如果说顾潮生之前一直担心他们在一起，那么现在看来，大概只是钟暗平时对女孩子的态度暧昧不明而已。

顾潮生大概也察觉到这点，有些不好意思地对青蔓笑笑："那我们也先回去了。"说着扯住我的书包背带。

我被他用力往校门外拖去，却忍不住回过头，远远地看向青蔓，她还站在那儿没有走。她的眼神，仍然像三年前出现在这间教室里时，那样澄澈而美好。

所有人都下意识地认为，她会从这些优秀的男孩子里选择一个。

其实我们都误会了，或者说没有人曾经懂她。她只是自信地出现在那里，温柔、美丽等一切美好的辞藻便都属于她。但她没有属于我们之中的任何人。

回去的路上，顾潮生的步伐越来越沉重。

"怎么了？"我猜测他是不是因为我刚才的口无遮拦而有点不高兴。

顾潮生忽然说，林西遥没来参加会考。

我"咦"了一声，这才想起，怪不得，来学校的机会没几天了，今天顾潮生竟然没送她回家。我好奇地接话："然后？"

他深吸一口气，微微皱眉，神色间似乎还有些委屈。

"我们分了。"

平时即使顾潮生心情不好，在我面前发发脾气，因为太熟悉，语气也是撒娇一般，吵吵嚷嚷的，极少这么沉默。

"因为毕业？"我试探着问，"还是因为怕和你不能考去一个学校？"

我问出的，其实是我自己的担心，从我的角度看去，我猜不出林西遥其他的心情。

但我没想到，会是因为我刚才别无他意，却不小心戳破的那个话题。

"我讨厌她。"顾潮生看向一旁，"我觉得很可笑。"

"嗯？"

"她发脾气，和我吵架，因为我送她的礼物她不喜欢，还有一次是因为放学我没送她回家。我以为只是她的小脾气，没想到第二天来学校，她就非常高调地跟我说，她喜欢的人其实是钟暗，她想和他在一起。"顾潮生说，"她让我别后悔。"

我很难形容那一刻的感受。

不知道这对于顾潮生来说，算不算是怕什么来什么。但我忍不住觉得有点儿狗血。

当你最担心对方介入时，现实却不偏不倚地，刚好是他。

"这句话难道不应该是我说？"顾潮生抓着我的手臂，微微用力，"她真的去跟钟暗告白了，钟暗还跑来问我的意见！他说觉得林西遥不错，又问我们为什么分手，为什么这么好的女生，我竟然没珍惜。我根本就懒得回答他好吗？温澜，你看我之前说得没错吧，我曾经想，把他像何毕那样，当成我一辈子的好朋友。但他是怎么对我的？他有必要这样？对我身边每个女孩都感兴趣？"

我不知道如何才能安慰他，但他的悲伤我可以清清楚楚地感受到。

年少时，我们总以为很多选择都还有退路，以为一切都可以任由自己的心情。喜欢谁，讨厌谁，都可以张扬地表达。甚至于伤害到身边的人，也会找理由原谅自己。

钟暗在多年后的同学会上提起这件事，只是风轻云淡道："当初啊……觉得好玩吧！没有喜欢谁，但看顾潮生那么投入，"他端起面前的酒杯，往嘴里倒，"我就是想试试，除了篮球以外，还能像他一样，投入另一件事的感觉。"

顾潮生则坐在餐厅包间里，那张很大的圆桌对面，遥遥望着他成熟后依然英俊的脸，觉得陌生又熟悉，似乎想要说点什么，最后也只是礼貌地笑笑。

当年还有着孩子气、喜欢扯女孩辫子的钟暗，不会懂得顾潮生这个双鱼座文艺青年的敏感，不会知道他第一次恋爱投入了怎样的期待和热情。

我没有亲眼看到林西遥做这个选择时洒脱率性的笃定，但从顾潮生的描述中，我也可以猜个七七八八。

顾潮生说，那一刻他是真的相信，她不喜欢他了。

因为她提到钟暗的名字时，眼神里流露出的温柔骗不了人。

我曾经羡慕她的勇敢，但这一刻，我更讨厌她闯入顾潮生的生活时，那份随心所欲。

从前想尽一切办法地去争取，现在说不要，又冠冕堂皇地丢弃。

她不知道她此刻弃如敝屣的，是我宝贝了多久、小心翼翼伸出手却又不忍触碰的，少年炙热的真心。

我想安慰他，但不知如何安慰。

而雨势却大了起来。

顾潮生忽然拉住我，迈开步子朝远处可以避雨的楼道跑去。雨滴重重砸在我们身上，我多想就让这一场雨，洗刷他眼里的难过。

我想抱抱他，想告诉他，你还有我。不管去到哪里，你身边还有我。你想考什么学校？我陪你去。你以后有想去的城市吗？你想旅行的话我陪你。你没有人可以说话？你说吧，我来听。

后来我看《我可能不会爱你》时，剧中程又青边坐在沙发上嗑瓜子边感慨地说："我将来的男朋友，和我在一起的时候一定要很活跃，这样我们看电视的时候、逛街的时候、散步的时候，才会有说也说不完的话题。"

"一定要这样，生活才不会变得无趣。"她对身旁的男生说，"就像我和你这样，李大仁，我将来的男朋友必须比我们之间还有共同话题。"

她不知道的是，生活早把最适合她的少年为她双手奉上。李大仁那么爱她，她却还在别处苦苦寻觅，寻觅她憧憬的怦然动心。

程又青受伤的时候真让人心疼。她的倔强真的好像你，顾潮生，你倔强得一直到现在才告诉我你们分手了，你独自疗伤花了多久呢？你痛吗？

看到你眼眶微红，我好想替你伤，替你痛。

但原谅我，我还是禁不住有了一点点私心。

我在庆幸林西遥的离开。

我讨厌她伤害你，希望你赶紧好起来。我在心底对大雨祈祷，林西遥千万别再回心转意。

你却好像看穿我的心思般，小声说："放心吧，就算她现在再来找我，我也不会答应和好了。"你掏出手机，递给我看，屏幕上是她发来的短消息，你当着我的面，按下删除键，似乎在完成一场祭奠。

我看着你，脑海中闪现的念头竟然是：天哪，太好了！

落单变成一个人的你，以后又会常常来找我玩了。

我是不是很幼稚？

第五章

但愿我可以没成长
完全凭直觉觅对象
模糊地迷恋你一场

与顾潮生不联系的五年间，我偶尔会刷新他的微博。

有次看到他转载了一条内容喜欢一个人的时候，会拿着他的名字，或者登录 BBS、MSN 账号，甚至是去 QQ 搜索，一点点寻找那些在没有你的岁月里他的所思所感。

我照例在"查找"栏输入他的微博 ID，然后看到他的这条更新。

再往前翻，视线停留在上周的一条。

2010 年 8 月 11 日下午，他从外地回来长沙，而我竟然和他在同样时间，置身于长沙那条最热闹的步行街。我看到他与标志性建筑的合影，我们见过同样在街边摆摊的商贩，听过同一个流浪歌手唱歌。城市不大，但始终不足以令两个人相遇。

我盯着电脑屏幕，眼泪不受控制地一点点溢出眼眶。

看到他微博下极少的留言，我很想跟他说说话。但我最终也没有这样做。

毕业会考成绩出来，我的得分并不理想。

我想到自己匆匆写完去交卷，顾不上检查，忍不住埋怨自己粗心大意。

那个暑假，爸妈心知我不可能上得了省重点分数线，再次生气地把我关在家。别说我还想出去找顾潮生，想都别想。

"当初小升初，就不该不去，现在好了，教学质量决定一切！你说你后悔不后悔？"妈妈非常恨铁不成钢，"你自己说！"

我一听到这个理由，本来还有点挣扎的自尊心，一下子就泄了气。

想到我是因为顾潮生才来到这所中学，一瞬间我好想揪他："都怪你！"想到这，又觉得好笑，其实也有那么一点点不知道从何而来的甜蜜。

如果让我回到过去，重新选一次，我还会这样选。如果问我有没有后悔过，我想我没有。

直到快开学时，我实在忍不住旁敲侧击地问了妈妈，有没有听家属院里的其他人八卦过顾潮生考上了哪里。

她没想太多，利落地给出答案：听说他考得还行，但不清楚具体哪里。

我被"还行"两个字一下刺痛那根最敏感的神经，不敢继续话题，赶紧找理由回了房间。

当时的我真的以为，和顾潮生再也没机会成天腻在一起了。

一想到他身边的位置，很快要被其他人所取代，我更难过了。

去高中报到当天，我拿着通知书，从出家门那一刻起，就开始心如鹿撞。我一路穿过小巷，在陌生的车站坐上公交，到站，进入学校。

我一直在想，我会不会好运地碰到顾潮生？

如果能遇上他，如果他依然和我同校，我愿意用任何好运来交换。

有人说当你特别想念一个人，你就会见到他。

我简直不敢相信自己的眼睛，操场上，我欣喜若狂地看到顾潮生远远地逆着阳光朝向我走来。他扬了下手里的通知单，惊讶地做了个捂着嘴的夸张表情，笑容还是那么好看。

他冲身旁陪他来报到的姑妈说："温澜和我竟然又同校！"

烈日炎炎之下，我捏紧手中单薄的纸页，感觉开心得简直要蹦起来。

心中有个小人在疯狂地旋转，顾潮生，我花了一个暑假的时间，每天都在祈祷这一刻奇迹的出现。

竟然真的被我等到了。

但很快我发现，好运不会一直属于我。

我没再好运到和他同班，教室也是楼上楼下，隔着一段相当远的距离。

教学楼一楼的楼梯口，顾潮生爽朗地拍了下我的头发，笑着说："以后，我们就是九年同学，十二年校友了！"

大概这就是顾潮生心中，对于我们关系的定义吧。

好像，有那么一点点特别。

又不知怎么，有着一点点疏离。

我的担心并非多余。

虽然，我还是可以和他同路去学校，放学后一起回家，但毕竟不再同班，朋友圈子也变得不再一样。彼此之间的话题，自然而然不再联系紧密。

与此同时，在新学校里，顾潮生似乎也更受欢迎了。

他第十三次在教室门口喊我一起回家时，身边就多了个女生。

他凑到我耳边，小声跟我报上女生的名字，我立刻心领神会，是以前外校一个给他写过告白信的女孩子。

他身边似乎永远不缺这样的女生，想要接近他的，或是送他礼物，持续写信给他的。

但这还是第一次，有人介入了那段原本只属于我和他的，回家的路。

我想，可能是我的好运已经用光了吧。所以现在，轮到她好运地和他同班。原本顾潮生只会跟我聊的话题，从此也有了另一个人分享。

一想到她非常有可能和我有着同样的小心思，想让顾潮生不知不觉间习惯她的存在，我就忍不住吃味。

可又有什么办法呢？

不久后的一天傍晚，放学铃响后，顾潮生很久没有出现。我拎着书包先下楼，打算去他们班教室门口等他。

站在熟悉的位置，我踮着脚朝他们班门口张望，却看到顾潮生和几个同学斜斜地靠在门边，互相调侃。其中有个男生笑着朝我喊话："温澜！还不快点来跟顾潮生要喜糖！他今天必须发喜糖！"

我腿一软……

耳畔嗡嗡的轰鸣声毫无征兆地将我包围。

该不会是……这么快……顾潮生又被谁追到手了吧……

而此刻，不远处顾潮生的笑容里，却泛起毫不遮掩的甜蜜。不到三个月的时间，他已经把林西遥带给他的伤抚平？

我努力稳住自己，竭力大大方方走过去，跟风地朝他伸出手，手心向上。他笑着一掌拍在我手心上，像在对我撒娇：连你都笑我！

我望向被他们起哄的女孩子。

即使在学校知道的风云人物再有限，我也一眼辨认出她的脸。周蔷，这一届新生当中被选出的校花。

我似乎触碰到了一个残忍的真相。

从前我的判断并没出入吧，顾潮生那么优秀，他喜欢的女孩，也总是被最多人喜欢的那个。

无论是谁，总之绝对不会是我。

我一点儿也不难过。

只是在回去的路上，我第一次以非常嫌弃的口气表达了我的刻薄，我把他在我身上乱用过无数遍的成语全都还给他："见异思迁！喜新厌旧！忘恩负义！"

而他只是抓抓后脑勺，笑容甜蜜满溢。

这一次，我没有再哭了。

我平静地告诫自己，就做好朋友吧，别再喜欢他了。

从那一刻起，从我看到周蕾的那一刻起，我告诫自己，顾潮生是不会喜欢我的，永远也不会。

既然如此，我想我还是应该和他保持些距离。

我不想让他喜欢的女生，有天会因为我的存在而不开心。

最重要的是，我不想再看到顾潮生难过了。

他重新遇到喜欢的人，我希望他是快乐的。即使这快乐与我无关。

之后，我遇到了除了顾潮生以外，一个竟然让我有点儿喜欢的男生。

高一下学期，顾潮生报了特长班，而没有报班的同学都被规定要在校上晚自习。我们的时间不再高度重合，也许是因为从学校回家的时间对不上，就连早上来学校的时间，也没办法再提前约好。

我们很少再一起回家了。

傍晚下学，我去校外买了点吃的，吃剩到还有包薯片，带着回了教室。教室里有人在黑板上写写画画，我百无聊赖地等着开始上自习。

沈明朗就是这个时候走进来，坐在了我旁边。

晚上的自习我们是按新编排的座位坐的，所以我身旁没有什么熟悉的同学。自习开始后不久，我像以前很多次上课偷吃零食那样，把课桌的盖子掀起一条缝，小心翼翼撕开薯片包装，开始每隔几秒就掀开课桌盖子抽一片，往嘴里塞。

而这天，数不清是我第几次重复这个动作时，忽然感觉到有只手竟然肆无忌惮地伸进了我的课桌！

扭头看到沈明朗眼光带笑，一副自来熟的表情，说："我下次也分你吃。"

我顿时无语！

我本来想要无情拒绝他，但也不知是怎么回事，竟然没有。更不可思议的是，我竟然非常慷慨地和他分吃起来。

高中的课本都特别厚，摆在桌上形成高高的遮挡。我桌上还有个用来带午饭的保温桶，此时此刻也派上了用场。

我们对视一眼，神不知鬼不觉地把保温桶挪到两张课桌中间，课本也统统堆在前面，就这样竖起一道高高的墙。

我和沈明朗各自把头枕在课桌上，我看着他，他看着我，聊起了天。

从我喜欢周杰伦，到他喜欢《七里香》。

再到他说："你教我唱《安静》吧。"

"我觉得《开不了口》更好听。"

"你买了《七里香》这张专辑吗？"沈明朗问。

"当然啊。"

"那你借给我听听！"

以前我从来没把珍藏的 CD 借给任何人听过，但奇怪的是，我竟然没有拒绝沈明朗。

聊熟了，我才知道沈明朗刚交往的女生就坐在往前几排。当时我们的座位其实老师管得不太严，是班长主要负责安排。

我笑着调侃他："你可以把她的座位换到附近来啊。"

他扫我一眼，眼神犀利却带着莫名的笑意："和你换？你肯？"

"做梦！"我哈哈哈地笑出声。

虽然如此，沈明朗似乎还是考虑了我的提议。他跟前桌的女生央求好半天，终于在次日以"代写作业一个星期"为代价，达成了目的。

沈明朗的交往对象叫阮静，看起来很是温柔文静。

当时的我对沈明朗其实没什么特别的想法，只是把他当成关系不错的新朋友而已。因为有共同喜欢的歌手，才显得有些贴近。

其实从进高中开始，不知是不是因为缺少了"和顾潮生对答案"这份推动力，让我没了之前念书的拼劲。反而上课时经常跟沈明朗促膝长谈，两个人可以说是"从诗词歌赋聊到人生哲学"。

我当时已经开始写小说给各个青春期刊，沈明朗是第一个会逐字逐句认真阅读我所写文字的男孩子。并且每看完一篇，他都会认真跟我讨论自己的感受。

我的故事里，几乎都是暗恋。

男主像顾潮生，却又不完全像。

写那些文字时，我总是矛盾。我害怕被任何人猜中心事，但又很想要寄情于文学作品当中，完成那些对任何人都无法做到的倾诉。

有次我拿其中一篇给沈明朗看，他称赞我写得很棒。

当时学校广播站正好是顾潮生在播音，彼时的他已经是风靡全校的广播站站长。当天他放了首张国荣的《有心人》：但愿我可以没成长，完全凭直觉觅对象，模糊地迷恋你一场……

我听得趴在桌上，兀自闭上双眼，感觉眼泪顺着脸颊而下，落在臂弯。

沈明朗轻轻戳我一下，我没有回应，只是一个人沉浸在难过的情绪当中。

那段时间顾潮生都没有找我，他应该在忙着恋爱吧。我这样猜测着，却又深知自己这样的猜测毫无意义。

就连想要控制自己别去想他，却不得不在他当值广播站那些天，听到他熟悉的声音，听到他念的故事与他放的歌。

身边的沈明朗很久没有说话。

很多年以后，沈明朗和我提到这个场景，他形容说，那是他第一次看到女生哭起来，明明那么伤心，却又隐忍地没有发出任何的声音。

他说，那一瞬间，令他产生非常想要保护我的感觉。

当时的我，对这些是全然不知情的。哭过后，我和沈明朗扯开话题，聊了下别的。

前桌的阮静忽然扭头来跟我借橡皮。

我打开文具盒，找到橡皮给她。

因为是午休时间，沈明朗忽然问："你上次说要教我唱的《安静》呢，我还没学会呢。"

我从书包里翻出 CD 所附的歌词纸，摊开摆在两张课桌中间，一句一句地唱给他听。

这时，阮静忽然又回头，冲我口气很差地说："借我下橡皮。"

我伸手去翻文具盒，才发现她拿走的橡皮擦根本没还我。我刚要说话，她却飞快改口："你的手机借我打个电话？"

当时同学间并没几个人在用手机，而我因为供稿给杂志社，所以用存下的稿费买了部电话。那时候用手机的话费开销还蛮高的，我犹豫了一秒，但想到虽然和阮静不熟悉，至少她也是沈明朗的女朋友。

我掏出手机递给她。

她起身拿着手机就出了教室，很久都没有回来。我继续和沈明朗聊些有的没的。又过了好一会儿，她终于回来把手机塞给我，轻描淡写地朝沈明朗说了句："没打通。"

沈明朗正和我聊得兴起，完全没在意这句话符不符合逻辑。我接过手机，下意识看了眼通话记录。

不翻不知道，一翻我整个人都不好了。

呼出记录上密密麻麻全是号码，并且每一个都是接通几秒就被挂断。一瞬间，我几乎不敢相信自己的眼睛。她不是说没打通吗？

我屏住呼吸，往下按方向键，竟然一直按出三十多个号码！

此时此刻，我再搞不清楚状况，那我就真的是太迟钝了。

阮静这不是在暗示我，而是已经在对我发出警告。

我正不知如何处理，手机接到一条新短信：学校门口，等你来。内容言简意赅，是不在我通讯录里的号码，我往下按，落款竟然是徐南。

徐南和我还有顾潮生都是初中同学，但彼此间并不太熟。

他怎么会出现在我们学校？

带着些微妙的疑惑，我只好先跟沈明朗说："我有事出去下。"

至于阮静那里，我还没来得及解释的话，就等我见过徐南回来再说吧。

我这么想着，走到收发室边，远远看到他套着别的学校的校服，背对着我，手里似乎抱着东西，伫立在马路对面。

"徐南！"我喊出他的名字，他回过头，我问，"你怎么会来找我？"

"今天六一儿童节。"他变戏法似的从身后抽出一排娃哈哈，"给你的，节日快乐！"

我一愣，但又很快意识到，他趁午休时间从自己学校赶过来，况且据我所知，从他们学校过来，最起码要两个小时。

只为送我一排娃哈哈？

"你今天休息？"我实在找不到话题，只好尴尬地问了句。

他有点不好意思地笑："我不休息啊，但……娃哈哈休息！"

我注意到他的头发，因为来的路上坐的摩托车，大概车速太快，风吹得他头发微微上翘，有点滑稽的样子。

他见我一直不说话，也有点局促："那你去上课吧，我先回去了。"

我听他这么说，顺着"嗯"了一声。他自顾自点点头，转身朝车站方向走，走了没几步又猛地回过头，笑着说："那……娃哈哈记得喝哦！电话联系！"

说完他晃了晃手里的手机，不等我回答，一溜烟跑了。

我捧着娃哈哈往回走，在楼道拐角路过顾潮生所在的班级，探头往里张望，却冷不防被人在后背拍了一掌。

一回头，就看到顾潮生似笑非笑地站在那。

"你鬼鬼祟祟的干吗？"

"当然是看你在不在里面啊。"我理直气壮，说着把四瓶娃哈哈从中间对开掰断，分了两瓶给顾潮生，"请你和周蔷喝！六一快乐。"

后来每一年的儿童节，我总会想起徐南。

想起他烈日炎炎，穿越大半个城市来见我，只为告诉我：娃哈哈休息！

而在此之前，因为初中时我们的交集有限，我甚至都要记不清他的样子了。他带给我的娃哈哈，或许算不得多么惊喜，却像一个从天而降的绝佳理由，让我成功为自己洗脱了嫌疑。

剩下的两瓶娃哈哈，回到教室，我分了一瓶给阮静。

"这个请你喝。"想到还没对她解释那个误会，我利用了刚送我娃哈哈的徐南，"徐南刚特地从他们学校给我送来的呢。"

我说着露出一个略有点儿小确幸的表情，沈明朗立刻八卦地凑过来："徐南？谁？你男朋友？不会吧，你竟然也有男朋友？啧啧，真是不敢相信……"

我忍住揍他的冲动，淡定自若地报以一个优雅的微笑："不是啦，是我以前的同学。"

"哦……原来是有人追！"我发誓沈明朗那个表情真的非常欠揍，"话说回来，其实我一直觉得，你长得其实和那个……那个……就是那个贞子（贞子，恐怖电影《午夜凶铃》经典角色之一）……有点像……"

…………

我成功被他气到，嘴上虽然回敬了声"喊"，但心里却会不自信地反问自己：该不会，顾潮生也这么想吧？所以我和校花的差别，就是从贞子到国民美少女的距离？

"也没有啦。"沈明朗继续夸张地比画，"就是觉得你们的发型，都是黑长直……有点像！哈哈哈，阮静你觉得呢，是不是有点可怕？"

他配合着自己的形容，顺势做了个捂嘴的动作，可爱得我瞬间笑场。

阮静忽然把刚插上吸管的娃哈哈往沈明朗手里一推："我不爱喝这个，给你。"说完扭头坐得笔直，不再理会我们。

我本身也不太关注阮静的反应，自然没有多心，反倒是忽然想起自己书包里还有张杀手锏，第一时间翻找起来。

过了好一会儿，总算从里面摸出一张毕业照，我拉了拉沈明朗，指着上面一个圆头圆脑的单眼皮小正太，毫不客气地嘲笑："这个是你吧，哈哈哈哈哈哈！"

君子报仇，十年不晚。鉴于沈明朗之前不止一次损我，我一直在冥思苦想，怎么才能让他知道我的厉害。直到某天我竟然在收拾书桌时，无意看到阿宝留给我的她小学的毕业照。

那是阿宝走时留给我的唯一纪念，还是我死皮赖脸把这个没有备份的孤本要来的。

谁知在毕业照的背面，我居然意外看到了沈明朗的名字！

此时我身边这位瞬间没了方才的气势，态度立刻软下来，赔着笑脸说："你拿来……拿来我看看……"

想多了吧，我可没这么好骗！

我把照片飞快护在怀里，威胁他："你再这么猖狂，我就把你小时候的照片拿给阮静看！"

那时候我虽然已经感受到了来自阮静深深的恶意，但我仍然带点"不愿意多想"的天真。我认为只要我和沈明朗之间真的没什么，就不怕她误会，时间会是最好的证明。

于是我故意提高音量："阮静，你要看吗？嗯？"

可想而知，阮静没有理我。

我悻悻一笑，仍不忘警告沈明朗："以后不准喊我贞子，不然……你看着办！"

我没等到阮静的谅解，却意外等来了徐南的告白。

他送我的第二份礼物很特别，初看时，还很像我曾送给顾潮生的许愿瓶。

那也是个透明的小瓶子，里面放的，是用透明胶带叠成的小船，应该有几百只，装了满满一瓶。

还有张卡片，上面写着：我从初中就喜欢你，不过那时候你喜欢许眠歌，我怕如果现在不告诉你，你在高中又会遇到其他喜欢的人了。

这个瓶子是我回家时，在阳台上发现的。

当时徐南给我发了短信，说有东西要送我。我开玩笑发给他：旺仔牛奶，还是奥利奥？

他回我：放在你家阳台了，你回家记得拿哦。

我有些意外，上次是学校，这次是我家。早听说他们学校封闭式管理，他这没几天就溜出来两趟，车程又远。

手机又响，还是徐南的短消息：看了吗？有五百二十只，不信你数数。

那真的是个很小很小的瓶子，只有巴掌大。我惊讶于这么小的空间里，竟然可以容纳这么多只透明的小船。细看之下，每一只小船都叠得工整用心。

可下一秒，想到他以为我初中喜欢许眠歌，我却不禁鼻尖一涩。

原谅我这么没心没肺，顾潮生，这一刻我只想到你。

你一定和他们一样，以为我始终执着的，是与你不相干的某人。

还有徐南卡片上所写的话。

他说如果现在不告诉我，担心我在高中又遇到其他喜欢的人。

这句话才是真正戳到我的痛点。

如果我早有他这样的觉悟，在你和林西遥分手的当下，我就该对你袒露心扉吧……

谁又知道呢，反正现在说什么都晚了。

想到这儿，我忍不住给你打了个电话。但你没有手机，我只能打到你家，电话接通的刹那，我说："阿姨，是我，温澜，顾潮生在吗？"

然后我听到阿姨很亲切的声音，她说："温澜啊，我们潮生在，你等等啊，我替你喊他。"

顾潮生，你知道吗，后来的好多好多年，我只要一想起你妈妈的声音，都觉得温暖。

我一厢情愿地骄傲着，我觉得虽然你和别的女孩子早恋，但你不敢告诉爸妈，连她们都不能更不敢肆意往你家里打电话，我却可以光明正大。

只有我可以找你。

一想到这里，我觉得连空气都微甜。

我是不是太容易被这些小事自我感动？

可我也是好久之后，才后知后觉地发现，唯有那些隐秘的，才一直被你小心翼翼捧在手心。而那些我引以为傲的"光明正大"，却像你口中的"太熟了"一样，它们只存在于友情，无关爱情，无关心动，无关其他。

然后电话落到你手上，你懒洋洋的声音透过听筒传来："怎么了？"

"你记得徐南吗？"我问，"他送了我五百二十只……"

"你被告白了？"你没听我说完已经把我打断，"徐南……就是个子很高的那个？"

我发现每次我征求顾潮生的意见，他永远是那副傲娇的口吻。

电话里，我还满以为他会给我提出什么建设性意见，结果聊到最后，他反而把问题抛回给我："你有什么打算？"

如果说，我打这个电话给他，本来只是想小小地刷一下存在感，达到炫耀的目的。顾潮生这个微妙的态度，成功引发了我的不爽，我不甘心地想：凭什么有人跟我告白，我来征求你的意见，你就是这样的口气？徐南怎么了，徐南哪里不好！再不好，至少比你对我好！

我在心里把顾潮生从头到脚数落个遍，然后口出狂言："好不容易有人喜欢我，我当然答应！"

我说完不等他回应，就匆匆抛出结束语："那我去给徐南回短信，你忙你的吧，我先挂啦。"

就这样，我迷迷糊糊地和徐南开始了交往。

好在当时高中，学校一个月才放一次假，而且我们两个人的假期还刚巧错开。所以虽然表面上是恋爱关系，我们却一直连面都没见，更不要说约会。

有了这个决定，似乎我面对阮静时也更加底气十足。我告诉沈明朗，我答应了徐南，他非常不解，但是很快又给我下了定论："长不了吧。"

他和顾潮生一样，对我这样"随随便便"的感情并不看好。

不过，其实我自己心里也没底。只是一想到徐南的存在，不会像换了别人那么麻烦，和他在一起，不需要例行公事地约会见面，却又让我可以有底气向世界宣告我已经有男朋友了，我就觉得也还不错。

没想到，沈明朗却因为我，被阮静正式提出分手。

某天午休过后，我莫名发现阮静的位置被别人坐了。

我不太确定地看向沈明朗，企图从他那里得到答案。

"阮静要求换的。"他·摊手。

"该不会你欺负她了吧？"我想到阮静之前的"领土意识"，就连我和他多聊了几句，她都要找我麻烦，说明她其实很在乎他，更不像是会主动和沈明朗生气的样子，"说实话！"

107

"什么实话,她自己不理我了。"沈明朗做了个抱头假哭的动作,"你不是吧,受伤的是我好吗?你难道不觉得应该安慰我吗?"

阮静和沈明朗在一起的时间,其实只有几个月。

现在回头去看,总觉得当时年少,其实我们对感情都还在摸索阶段,彼此都无法用成熟的心态去解决问题。

分分合合,似乎都更为轻率。

而他们的分开,似乎也从侧面证实了,与我有关。

我想找机会向阮静解释清楚,我没有想过介入他们之间。

这天,我意外接到阿宝寄来的信。

邮戳地址是三亚。

她的字迹温柔,与从前并无二致,我展开信笺,将内容来来回回看了许多遍。她不知道,我有多想她。

我还拿了去和沈明朗炫耀,毕竟他是这所学校里,除了顾潮生以外,唯一知道阿宝的人。沈明朗看我又哭又笑的样子,伸手用信封轻轻拍在我的头顶。

"我帮你去找阮静解释吧。"我又想起这个悬而未决的问题,忍不住试探道。

沈明朗却摇头:"不用。"

他的回答,像一道特赦令,令我终于松了口气。

我当然不知道怎么样才能让阮静回心转意,但似乎只有沈明朗松口了,我才算找到一个冠冕堂皇的借口,好让我不用那么负疚。

自此,我以为阮静已经远离了我的生活圈。

不想没过多久,有天我经过楼梯拐角,忽然听到自己的名字。

是阮静的声音。

"你还不知道温澜多不要脸吧?"阮静倾诉的对象,是我们班和

108

她要好的女同学，"她有男朋友还勾引沈明朗，我非要找人教训她，我就没见过她这么贱的女生！"

我屏住呼吸，下意识捂紧自己的嘴巴，脚步很轻地往后倒退，仓皇逃离了现场。

我好怕。

我怕下一刻我就会不小心被她们发现，再被她们当面羞辱。

那些已被尘封多时的场景，第一时间在脑海中浮现。记忆的闸门被阮静一脚踹开，根本由不得我选择，便已快进播放起来。

那是我深深恐惧的画面。

是沈明朗永远不会知道的画面。

在那以后，我没有任何预兆地疏远了沈明朗。我承认我胆小，不够自信。我甚至还有些心虚。

我害怕阮静所说的一切会真的发生。她言语间流露出的"说一不二"，我不敢去赌。

我不够自信，如果沈明朗知道了我从前的事情，他会怎么看我？他会愿意理解我吗？他想听我的那些过去吗？他仍会欣赏那个不再是"好学生""乖乖牌"的我吗？

我甚至还有些心虚，我真的没有介入过他们之间吗？

这些话，我找不到人可以说，只能在夜晚的书桌前写信给阿宝。也只有在面对她时，我才不会害怕暴露那个懦弱的、轻易就会选择退缩的自己。

顾潮生的生日临近，听他说，生日会确定来的人，都是他班上的好朋友，一共约二十人。

这当中，却不再有我熟悉的人。

他喊我参加。

社恐如我，如果对象是别人，我想我一定会拒绝，不会去凑这个孤单的热闹。

但因为是他，一想到我不愿缺席他的任何一场生日会，我最后还是答应。

席间无聊，好在我还可以给徐南发发短信，打发时间。

他每次都不厌其烦讲好玩的事给我听。

每天晚上，我会准时收到他的"晚安"，早上睁开眼睛，也能看到他发来的问候。

我很感激那时的徐南。

即使，我与他的这场"恋情"，最终还是"见光死"。

不见面不约会的时间里，我们一直相安无事。但徐南却没办法接受这样的关系。

一次放假，他约我出门，那天和他见面后，我却一直心不在焉。和他走在一起，我总是刻意想要保持距离。约会的过程，我几乎可以用"提心吊胆"来形容。徐南只要稍微靠近我，我就下意识迅速弹开。

好不容易挨到他送我回家，夕阳的余晖之下，他冲我挥挥手，笑着说："下次见！电话联系！"

"电话联系"这四个字，好像是记忆中徐南每次临别时都会对我说的。

他的眼神里流露出真挚，可这些，却愈发凸显我的残忍。

我不知道顾潮生是如何做到在很短的时间里，重新投入一段全新的感情。

而不管我怎么努力，我都没法做到像他一样毫不费力。

我发短信向徐南提出了分手。

他看到的第一时间，立刻打来电话。手机一直在震，我却不敢按下接听。

我特别慌，搜肠刮肚，不知如何面对。

一切本该是我的错，是因为我的无法投入，我们之间才走到这一步。应该是我向徐南诚恳地道歉。

可在当时，我的自尊心却不允许我这么做。

我想起前段时间，徐南曾告诉我，有个女生送了他一件 T 恤。

上面有她自己手绘的图案。徐南还向我绘声绘色地形容了那个图案看起来是多么用心。

我仿佛找到救命稻草一般，开始先发制人："送你 T 恤的女生难道不是喜欢你吗？不然怎么可能花这么多心思准备？"

徐南着急地试图跟我解释，但我不想听。

我挂断电话，他随后又发来短信：你接电话，我让她亲口解释给你听。

我的第六感好像从来没有那么灵过。

或许，是因为对于这样的身份，我太过于敏锐。

谁能说这些年来，在顾潮生身旁随传随到，随时愿意在任何人面前为他撇清干系的我，不是和她一样？

我回复徐南：那你直接问她是不是喜欢你，除非她说不是，否则你别再打给我了。

徐南那边果然安静了很久。

隔了差不多一个钟头，他才发来：温澜，对不起。

我果然没猜错。

也许这一个钟的时间里，他和她之间，因为我的推动，终究不再是普通朋友。

111

好似食物链，每个人都有所钟爱，却对谁在深爱自己全不知情。

　　晚上放学，难得学校没安排自习，我跑到网吧，挂上 QQ，看到沈明朗的头像在跳。他说：要不要我教你玩游戏？

　　就这样，从来都对网游不感兴趣的我，竟然鬼使神差地回复：好啊。

　　之后的大半个月，我一有空就会去网吧等沈明朗上线。游戏的套路我是一窍不通，他就从最基础的快捷键教我。我们在里面偶尔刷下副本，更多时候还是聊天。沈明朗问我，为什么在学校都不找他说话，是不是换了座位有了新同桌，就不理他了。

　　看他这么委屈，我竟然觉得心口有些温热。

　　第一次，我觉得自己对他，好像真的比其他朋友要多些什么。

　　想到阮静当初对我的揣测，仿佛内心深处不为人知的秘密，已经被人无意间窥看。

　　但有些念头，正是如此，越是对其压制，它越肆意疯长。

　　我再在学校看到沈明朗，下意识就想避开他的目光。可偏偏每次越想逃离，越是跌入他爱笑的眼睛。

　　索性，我喊他陪我去给顾潮生选生日礼物，他也不避讳，反而爽快地一口答应。放学后我和他一起朝校外走，顾潮生迎面而来，大声喊我的名字："温澜！一起回去吗？"

　　按照惯例，此时此刻我应该立刻找个理由，不管是我突然不舒服也好，还是想起来妈妈今天让我早点回家……总之，我应该把和沈明朗的约改期。

　　但我竟然第一次没有这样做。

　　带着那么点故意，我对顾潮生说："你先回去吧，我今天还有事。"

顾潮生看看我, 大概他觉得我是真的有事, 因为我平常从来不会拒绝他。

他又微妙地打量了一下沈明朗, 贴过来问我: "谁啊? 换啦?"

我知道他指的被换掉的, 是徐南。

几秒的错愕, 我竟然会有些说不出的慌乱。我拉着沈明朗快步往另一边走, 边走边回头对顾潮生喊话: "你不要乱说啦! 明天和你一起回家!"

其实只有我自己清楚, 这样的明天, 我已经暗自期待了多久。

顾潮生有多久没和我一起散步回家了呢?

他有些失落地转身离开, 我望一眼他的背影, 恍惚之中, 有种刚说了"再见"的错觉。

从前多少次, 我都和他在家附近的巷口这样道别。每次我假装自己先走, 其实总是走出没几步就停下脚步, 回头目送他渐行渐远, 直到他的背影消失在路的尽头。

他孤独的身形, 深灰的单肩包, 宽阔的公路, 会让我想起一句很美的话: 剪影你的轮廓太好看, 凝住眼泪才敢细看。

第六章

雨淋湿你的头发淋湿你衣袖

伞握在手像不曾拥有

微博盛行以前，有段时间很流行博客。顾潮生自从听说，就非要让我帮他也建个。

他想好了用户名和密码，然后把装饰模板和填写资料注册的过程丢给了我。

后来这个博客上，我看到很多他写给喜欢的人的话。

那似乎是我原本没机会见到的，他对恋人才会展现出的，独有的细腻温热。

我羡慕他所牵过手的每个女生，嫉妒走进他心中的每一个人。

独自去学校的那个早上，仍然是人满为患的公交车，司机要求我们投币后从后门上车。人群中被推搡了几下的我，还没到站，发现钱包不见了。

里面原本没多少钱，但有一张编号刚好是顾潮生生日的纸币。我夹在里层很久，一直舍不得用，现在竟然不见了。

情急之下，我在还没到学校的陌生站点下了车。

可下车后，我才意识到，别说沿途回去寻找，此刻身无分文的我，根本哪儿也去不了。

我握着手机，思考这时谁有可能来拯救我。

翻了一圈通讯录，我竟然还是拨通了徐南的号码。

不久，他风尘仆仆赶来，塞给我一张五十块的纸币。我摆摆手："我没丢这么多。"

"没关系，算我的。"他笑。

在徐南之前，或者之后，我也遇上过其他男孩子。

与顾潮生失联的五年时光之中，我也曾弄丢过一次随身的背包。但再没有人会带着那么阳光的笑容对我说：没关系，算我的。

我还想拒绝，但他忽然严肃："我又不是花五十块把你买了，你这么慌干什么？放心吧，你快打个车去学校，钱包别找了，再说也找不到。"

说完，他忽然又走近一点，试探地问我："还是你想让我送你？"

我推他一下，气氛被他的玩笑缓解得不再那么僵："当然不用！你又翻墙出来的吧？快点回去，免得被发现啦！"

他笑着点点头，转身又匆匆上了来时的那趟车。

我检查了下书包，好在，里面装的要送给顾潮生的礼物还在。

晚上聚餐，到场的人果然很多。

顾潮生作为主角，和周蔷一起，坐在距离我好几人之外的地方。

我一个人百无聊赖，反复用筷子扒拉碗里的饭菜。人群中的喧嚣似乎全与我无关。

大家一起给顾潮生唱了生日歌。

接着，周蔷最先递给他一个淡粉色包装盒，所有人起哄让他当场拆开。

我也随之看过去，是一对同为淡粉色的水晶杯。

顾潮生嘴角难掩甜蜜，认真把它们重新包好，十分难得地注意到独自坐在一角的我："快点，送我什么？"

无数道眼光也都齐刷刷投向我。

"……我早上包被偷了。没有买成,下次,下次我补给你。"我下意识把盒子藏在刚好被桌布遮住的地方,"你喜欢什么就选什么。"

"这么没诚意……"顾潮生咋舌,但很快,又陷入新一轮收礼物流程当中。

我听他们聊了会儿天,整个过程,周蔷一直安静地坐在他身边,话不多,只有在被提到时才简单颔首。

时针走向八点多,饭局基本上接近尾声,我也觉得有点晚了,起身到顾潮生身边,拍他一下:"生日快乐。"

"谢谢!"顾潮生故意夸张地大笑。

"我吃饱了,想回去了哦。"我说着对周蔷也礼貌地点点头,"你们玩得开心点。"

顾潮生爽快地点头:"好,那你一个人回去路上小心。"

"嗯。"我答完,不得不又小心地从桌子底下掏出那个本来要送他的礼物,迅速塞回我大大的书包。

那里面是一个印着苏有朋照片的马克杯。

杯子代表一辈子,我不可能像周蔷那样送他一对。原本只是想选个他喜欢的图案,再假装凑巧地对他说:"我刚好看到,所以就顺手买给你了。"

但有了周蔷在前,我终究还是没勇气再把它送出去。

或许,其实是我做贼心虚。

正是因为杯子的谐音,我才想到要送他这个礼物的。

顾潮生和我一样,每年暑假,我们都会重看《还珠格格》。他喜欢苏有朋,我还为此去买了那张包含《背包》的卡带。

很多年过去,卡带早已不能播放了。

只有记忆还停在那里。

那，他现在还喜欢听《背包》吗？

应该，早就不听了吧。

其实很多以前的事，那些我们记忆中无比深刻的画面，也许对于与之有关的人来讲，只是轻描淡写的一笔。

念念不忘的，从来只有我们自己。

有人说，人与人之间的相识，是从哪个时间介入，就永远地停在了那里。

若要改变，唯有分开。

那么我和顾潮生呢，我们分开了五年，还有没有可能重新再来？

隔天下午，学校发生了一件大事。

高一年级九班顾潮生同学，因举办生日会，与同班多名住校生于校外逗留，夜不归宿。事件影响极差，全校通告批评，全部参与人员均给予警告处分。

消息迅速传遍整个年级。

一夜之间，全校都知道了顾潮生和周蔷的关系。

毕竟这可是关系到大家眼中男神女神的劲爆八卦，热度自然极高。

所以说，千万不要低估了同学们对于八卦的求知欲。那几天，无论我走到哪里，都能被想要了解细节的同学抓到："你不是跟顾潮生很熟吗？你知不知道具体怎么回事啊？"

我还必须镇定自若地摇头："我不太清楚呢。"

顾潮生这场生日会办得隆重，原本是周蔷联合他几个哥们，一起给他准备的惊喜。

谁都没想到，最后竟成为一场轰动全校的闹剧。

那天放学，天下着雨，我去他们班教室门口想要等他一起回家。他朝我走来时，神色如常，我却无从分辨此刻的他是在逞强，还是真的没事。

无暇多问，我招呼他："走吧。"

出了学校，我们难得地没有乘车。

我没话找话："你陪我去重新买个钱包可以吗？"

他点点头。

然后，我们沿着空旷的公路一直走，再穿过闹市区。

在一家饰品店里，顾潮生指着一个浅金色的零钱包："这个好看。"

"那我就买这个吧。"

那个零钱包我后来一直用了很长时间。但毕竟质量平平，还是不抵时间。它会旧，会坏，会不能再用。

就像我们之间，年少时候，彼此之间的一切记忆，同样不抵时间，终究会在不可预知的某天，无以为继。

雨势更大，又走了很远的路，我们都有点饿了。

街边的小吃店里，我们要了两碗馄饨。老板边下馄饨边问："要花生碎吗？要胡椒面吗？要香菜吗？"

我迅速抢答："有一碗里不要香菜！"

说完，我邀功般冲他使个眼色，顺势把没加的那份推到他面前。

顾潮生眼里满是惊讶："你怎么知道我不要香菜？"

我心想：我什么不记得？

我嘴上："一直都有点印象啦。"

口是心非如我，又怎会被他轻易看破。

雨还在下。

顾潮生仍然不太说话，我们再往前走，穿过他从前和林西遥常去的公园小径，再走一段，就快要到我家。

"温澜，能不能借我一下你的手机，我打个电话？"顾潮生忽然问。

那一刻，我似乎预感到了什么。

我认识顾潮生十九年。

十九年中，这是我唯一一次，见他这么难过。

我和他之间，仅仅只隔着不足两米的距离，而我耳畔却只能听到淅淅沥沥的雨水声。

顾潮生在和听筒另一端的人小声聊天。

那通电话，他们真的说了好久。

而我，就那么撑着伞，面对着他，不发一言地站在原地，任由雨水在我们两人之间倾斜而下。

我望着他的眼睛。

就只是一瞬间，他的眼眶红了，眼泪大颗大颗地汹涌而下，混合着雨势滂沱。

那一刻，我好心疼他。

面对顾潮生，我竟从没有一次勇敢过。

即便这样的时刻，我仍然只能不发一言，干涩地站在一旁。

我清楚地知道，让他落泪的那个女孩子，才能让他笑。

而那个身份，从不是我。

我心中汹涌的爱情，从来不见天日。

后来，还是手机没电了，通话才被迫自动切断。

他眼红红的样子我忘不掉："她要去济南了。"

"今天下午老师喊我们去谈话，就已经告诉我，如果她不走，只能一起受处分。或者直接把我们两个之中选一个劝退。"顾潮生说这些时，始终低头看着自己的脚尖，眼神满是落寞，"我刚才给她打电话，她说她爸妈已经决定，带她去济南。不然，半路劝退的学生根本不会有学校肯收。"他懊恼地用力捏紧伞柄，"她是为了我……"

我曾听他提过，周蔷成绩普通。发生了这样的事情，学校要保也只可能保下成绩一直优异的顾潮生。

我尝试想要转移他的注意力："是谁把这些事告诉老师的呢？"

"现在说这个还有什么意义，"他长长的睫毛垂下，眼泪分明都还没干，"什么都改变不了了。"

我默然。

"就是朋友顺口说的吧，大家也没想到后果会这么严重。"顾潮生说完，把手机交还到我手中，他揉了揉眼睛，故作洒脱，"我先回去了哦。"

他落寞撑伞的背影，哭红的眼睛，还有那天的大雨，一并烙在我的记忆里。

其实那时的我，脑海中曾经有过许多不冷静的念头。

我好希望拥有一根仙女的荧光棒，能用它换到一个可以实现的愿望——

让神替我擦亮他悲伤的眼，粉碎他心中彷徨。

如果说这次的意外，注定有人要悲伤离场，那么，我宁可和他心爱的女孩交换角色，让我替她承担这一切。

这样，他就不会哭了。

我希望，他能永远开心。

那天深夜，我忽然被手机铃声惊醒。

123

第六感让我脑海中冒出的第一个名字，便是顾潮生。

果然。

我只花了三秒，迅速整理好自己的情绪，希望我不会被他听出我的担心，然后按下接听。

"出什么事了吗？"

顾潮生没有说话。

世界安静得只剩我自己的呼吸，以及……我将耳朵和听筒靠得很近，然后，听到了顾潮生压抑的哭泣。

我的心漏跳了一拍。

那个夜晚的时光格外漫长，往后的差不多半个钟，我们谁也没有说话。

我甚至不敢大口呼吸，只是紧握着手机，呆呆望着天花板，尝试感受听筒的另一端，顾潮生此刻的心情。

时间嘀嗒嘀嗒。

他的抽泣断断续续。

每隔一会儿，我都会轻声告诉他："我在听。"

再久一点，我慢慢地，慢慢地捏紧了棉被的一角，用它蒙住自己的鼻子和嘴巴。

我不能让顾潮生发现我吸鼻子的声音，不能让他发现，我竟然和他一样难过，我竟然也在掉眼泪。

我心疼他，可此时此刻，我能为他做的，陪伴就够了。

我揉揉眼睛，忽然听到顾潮生鼻息很重地问："温澜，你知道吗？"

"嗯？"我立刻整个清醒，等他往下说。

"何毕和她，都去了济南。"

说完这句话，似乎已经耗尽了顾潮生全部的力气。

我想，如果不是这天，我应该从不知道，他那么喜欢周蔷。

或许正因为有了林西遥的背叛做对比，而周蔷却能够为他甘愿放弃自己。两人之间巨大的反差，让周蔷成为了他心口永远的朱砂痣。

"为什么我最好的朋友和最爱的人，都要离开我，去同一个地方，那么远的地方？"顾潮生哭着问我，"济南，真的那么好吗？"

第七章

如果我爱上他的笑容
要怎么收藏
要怎么拥有

与顾潮生失去联系的第二年，隆冬的深夜，我在电脑前赶一个策划，窗外正飘着雪。

南方的房间湿冷，没有暖气片取暖。我写一会儿，就搓一搓手。

手机响起来，是个完全陌生的号码。

当时用的手机并没有来电地区显示，但我却一眼看到那串号码中间几位区号：010。

一瞬间，我感觉自己呼吸都要停滞。

在北京我有几个认识的朋友，但这一刻，直觉告诉我，会是顾潮生。

我按下接听。

那时我们已有大半年不曾联系，而我还以为，自己再得知他的消息，能够保持冷静。

然而，在听到他声音的那一刻，眼泪已经落下。

他哽咽的鼻音穿过帝都街道上喧闹嘈杂的车潮人流，远远传来。

我原本与自己说好的与他划清界限的誓言，在那一刹全部崩盘不见。

那年他刚开始北漂。

出发前，他也曾特地跑来问我。晚上我们出去散步，仍然走过灯影斑驳的长街。

他已经接到了北京公司的 offer："澜澜，你觉得我要不要去？去北京，还是留在长沙找份工作？"

我不是不知道他的顾虑是什么，但北京的工作机会才最接近他的梦想，那是他一直以来的人生规划。

"你可以问自己，没选哪个，你一定会后悔。"

我知道，他心里已经有了答案。

不久，他收拾行李离开。其实他不知道的是，我一直都希望他可以就留在长沙，留在我们共同生活的城市。

即使真有一天，我们不再联络，至少我还有机会在偌大的城市之中，与他不期而遇。

北漂一定会很辛苦。

全新的人际关系，陌生城市的漂泊感，从零开始的工作。身处其中，怎会轻松。

孤独时，总会想家吧。

电话里他模糊喊出我的名字："澜澜，对不起。"

我有些怔愣，没想到过去这么久了，在他难过时，还会愿意打电话给我哭。

不是其他人，就只是我。

我尽可能让自己的声音听起来平静一些："怎么了？出什么事了吗？"

他吸了下鼻子，吞吞吐吐："也没有。"

然后通话突然断掉。

我握着听筒，思绪混乱。

他发生了什么？失恋？还是……工作上出了什么事？

好在，只隔了两分钟不到，我收到他的短信：没什么，就是工作上的事，在外地有些孤单也有委屈。其实今天本来不想打给你的，但刚刚我来来回回翻遍通讯录，都找不到可以拨给谁，最后还是选择了打扰你。

我盯着手机屏幕，大颗大颗的眼泪猝不及防，潸然而下。

如果说这些年中，我仅有的一次，在他面前没有藏好自己的感情，就是这个深夜。

我慌忙回拨过去，他很快接听，这次是他听我在哭，不发一言地放声大哭。

他忽然慌了，不停问我怎么了、怎么了，我所有想说的话此刻却如鲠在喉。

只要一想到，他这段时间是不是遇到了不止一次的委屈，却再三忍住没有打扰我，我恨我自己。

高中开始，顾潮生的朋友越来越多，交际的圈子也扩大到各个年级。我有时在学校里和他碰到，他身旁的朋友面孔也总有不同。

他似乎有了很多新朋友，而我，也已经不再能够确定，自己在他心中的分量。

曾经我最害怕的，是自己一度为了能以"最好的朋友"的身份留在他身旁，错过了每一次可能"乘虚而入"的机会。最后，"最好的朋友"这个头衔却不再属于我。

直到这一刻，看到他的短信，短短几行，我却湿着眼睛，翻来覆去，看了很多遍。

原来，我的位置，还没有被取代。

那我可不可以理解为，这个瞬间，他很想我。曾经也有过无数个瞬间，他想要找我。

夜色冰凉，我却感觉心口炽热。

周蔷离开后，顾潮生很长一段时间都没有再找我。

我不清楚他在忙什么，但偶尔想问他要不要一起回家，他也都会笑着拒绝："你先走吧。"

而那些日子，也许是我与他之间，最疏远的一段时光。

我做了一个决定。

我要换一个人喜欢了。

所有人都说，忘记一个人最好的方式，就是重新开始另一段感情。

可在徐南那里，我失败了。或许这个办法对我来说并不适用，但我还是想要试一试。

我想和沈明朗试一试。

座位重新调整后，我和沈明朗不再是同桌了。

阮静的座位离我们更远，她在最前排，我们则被分到教室倒数第二排。

也因为这样，大部分时间，她不再能够关注到我们。没有了这份压力，我偶尔与沈明朗传纸条聊天。

我在杂志上看了一篇短文，觉得里面告白的方式很特别。

课间，我喊住了沈明朗："你有一元硬币吗？"

"怎么？"他疑惑。

我神秘笑了下："那你到底有没有嘛？"

他翻了翻口袋，竟然真的有。

"算你借我的吧。"我接过来。他好奇地等我的下文。而我故意不说，让他先回座位，要上课了。

这节课讲到一半，我在卡片上写好了那句话。

当时我坐在教室最左边靠窗的小组，而沈明朗则坐在右边靠门口的位置。

我们之间，隔着整间教室的距离。

而我仍然固执喊中间的同学帮忙，为我把夹着卡片的课本传到他手里。

那张卡上我写的是：你知道吗？如果你希望一个人永远记住你，就找他借钱，然后，永远不还。

隔了会儿，沈明朗给我回复，他问：所以你是希望我永远不要把你忘记吗？

我别过头去看他，发现他刚好也在看我。

那个夏天，窗外阳光正好。教室里所有人的面容都变得模糊，世界按下静音，而我们眼中，只有彼此。

沈明朗不好意思地笑着别过头，我心口像揣了只小兔子，正乱跳。

几天后就是愚人节。

我特地提前一晚买好了奥利奥，然后把两块拆开，刮掉中间的奶油，抹上厚厚一层牙膏。

第二天课间，我故意把"奥利奥"分给几个同学吃，大家纷纷中计。我得逞地偷笑，发现沈明朗刚好经过。

"嘘——"我迅速朝其他人比了个手势，然后转身笑着跟沈明朗打招呼，"请你吃奥利奥！"

"还是不用了吧？"他笑起来还是那么阳光。

"……不吃算了！"我故意假装生气，试试激将法有没有用。

沈明朗意味深长地看我一眼，然后笑得更确定了。他指了指奥利奥夹心的位置："这里？"

被看穿了！

刚好这时上课铃也响了，大家迅速回到自己的座位。

这周座位又被打乱，我坐到了教室中间。

我有戴手表的习惯。

有天，我趴在课桌上百无聊赖，无意中瞥了眼深蓝色的表盘，表盖的反光度极好，几乎与镜面无异。我脑海中忽然闪过一个设想，于是尝试着调整角度，居然很轻松地，看到了后排沈明朗坐的位置。

我在本子背面给沈明朗写：我想问你一个问题。

很快，沈明朗回了一个钢笔画的问号。

我勇敢地落笔：你会不会喜欢我？

这个问句，我在心中曾经默念过无数次。只是我没有想到，当我终有一天将它说出口时，对象竟然不是顾潮生。

我这时才确定，你越是喜欢一个人，就越是不敢让他知道你的心意。你生怕即使是万分之一的可能性，他拒绝你。

而你们之间，就再也没有别的可能了。

连朋友都不可能。

所以，或许当一个人对你轻松说出"我喜欢你"，其实已经做好了最坏的准备听到"我不喜欢你"。

我害怕失去沈明朗吗？我不知道。

但愚人节确实给了我这个契机。

如果他拒绝我，那么这一切就只当是个玩笑。

他对愚人节恶作剧的警惕性那么强，只要我一口咬定这只是个玩笑，他会配合我的。我这样想着。

但不知怎地，把作业本回传给他的那一刻，我心中竟然还是升起了一丝微不可察的期待。

我的心跳莫名加快，迅速透过表盘观察他的反应。

许多年后，我都还能清楚地记得，沈明朗打开作业本的那一刻，嘴角上扬,却又努力憋着笑的样子。他整个人以很缓慢的速度向下滑,直至下巴抵到桌面上。

然后,我看到他用本子挡住了半张脸。

好一会儿,他才回复:你想知道答案吗?

我写:当然想啊。

没想到他答非所问:你晚上会上游戏吗?

我猜他的意思是晚上再告诉我,就回:好啊,你记得等我。

接下来的时间,我都在悄悄期待时间能够快进到放学。

我并不确定沈明朗会给我怎样的回应。

但当我从表盘里清清楚楚地看到他满含笑意的眼睛,我的心似乎也已经被甜蜜填满。

那个答案,我好像已经有了。

放学后,我和沈明朗一前一后上了公交车。车上我们两个谁都没有说话,但我偶尔偷看他,他似乎也感受到我的目光。他的眼睛好像会笑。

我粗略估算了沈明朗会上线的时间,想到如果等我到家再开电脑,他要等很久。

于是我也中途下车,找了间网吧,挂上游戏,果然,他的名字是亮的。

"你是不是很想知道我的答案?"沈明朗看到我上线,第一时间便发来消息。

"嗯!"我很快回复。

发出这个"嗯"的时候,我都已经想好了,万一他拒绝我,我对话框里"愚人节快乐"五个字都已经输入完毕,随时准备按下发送。

我们都知道今天是愚人节,那他还会不会相信我今天的告白呢?

我不太确定。

我甚至想到，万一他也顺势回我"我早就喜欢你了"，过一会儿再对我说"愚人节快乐，我知道你刚才也在和我开玩笑"，那怎么办？

正胡思乱想着，沈明朗发来了新消息。

"如果我说答案是两个字，你会不会很失望？"沈明朗问我。

两个字，那就是不会？脑海中一闪而过的失落击中了我。

我愣了下，刚想把对话框里的"愚人节快乐"发出，沈明朗又发来一条。

"可我不想告诉你了，我先下啦，明天见。"

等我反应过来，他的头像已经灰了。

沈明朗居然下线了！

等一下，他说"明天见"，可是明天的话，我不就没有办法用"愚人节快乐"回复了吗？

我完了。

下线出了网吧，我刚好接到一个陌生号码的来电。

"你在哪？"竟然是顾潮生，他语气透露着焦急。

"还没到家啊，有事吗？"我正不紧不慢往家的方向走。

"你帮我交个话费好吗，我待会发你号码。"

他身旁的环境很嘈杂，但我没有多问："好的，那我交好了打给你。"

"不用。你现在去帮我交，越快越好。"他叮嘱道，"交完了我会收到短信提醒。温澜，那我还有事，下次说哦，谢谢你。"

很快，我的收件箱里就收到了一串 11 位数字号码的短信。

当时话费充值是只能线下进行的，网点营业时间也大多只到下午六点。

而这个时间，已经放学很久了。我想，那就帮他买张充值卡。于是我沿路步行，一家家小店询问，偏偏绕了很大一圈，都没能完成这个"任务"。

或许，这也是顾潮生自己没能充值成功的原因？

但我没有放弃，他交代给我的事情，我总想再试试能不能办好。我又一个个拨通通讯录里的电话，终于问到其中一个同学家附近有充值点。

我把号码第一时间发过去，拜托她帮我充好。

接下来就是握着手机，等她的消息。我望着时间嘀嗒嘀嗒过去，距离顾潮生打来让我帮忙的那个电话，已经过去了差不多两个小时。

"充好啦。"手机一震，收件箱里出现了这条讯息。

我终于松了口气，随后，也把这句"充好啦"分别转发给了那两个陌生号码。

这时已经是晚上九点多，已经没有公交车了。

我有些恍惚地站在路边，却没想到，遇见了自从升入高中就再没见过的青蔓。

她看到我，远远和我打招呼："温澜是你啊，好久不见。"

我迎上前，微笑说："你从哪里过来呢？这么晚。"

"从同学家里，刚吃完饭。"她说，"对了，我刚才还在那边碰到顾潮生，你们怎么没在一起啊？"

你们怎么没在一起啊？

这句话有歧义，但我知道青蔓真正想问的，不过是我们怎么没一起回家。

可这一霎，我却心中酸涩。

这句话，十九年来，我不知听多少人问过。

137

几乎每一次，在任何地方，碰到同时认识我们两个的人，我都会听到对方这句寒暄：顾潮生怎么没和你一起呢？

顾潮生，我不知道他会不会也像我一样。从别人口中听到我名字的时候，他心里那块柔软的地方，有没有过哪怕只是一瞬间，暧昧的念想？

我收拾一下思绪，对青蔓说："他今天有事吧，我没和他一起回家。"

青蔓忽然意味深长地"哦——"了一声。我从没想到，有一天，会从她嘴里听到顾潮生的八卦。

而他的新恋情，我竟然是最后一个知道的人。

"刚才我看到他和一个很漂亮的女孩子一起哦！"

"是吗？"我顺口接了句，其实心里想的是：他身边什么时候少过漂亮的女孩子？

但青蔓撞我一下，戏谑道："当然啊！他们手牵手，很甜蜜呢。你该不会不知道吧……看来果然是新欢哦……连你都还不知道……"

青蔓的笑容甜美得无懈可击，神情里却多了几分仗义："看来你应该好好逼问他一下！"

连青蔓都觉得，他怎么可以这么重色轻友。说明我这时候如果"很生气"，是有充足的理由的。

可只有我自己知道，我没有。

我有的只是心虚。

我心虚，如果青蔓所说的一切都是真的，我不知道顾潮生为什么要瞒着我。在我面前，他的恋爱进度条从来都是公开透明的。

除非……他在故意避开我？

一想到这，我就没了底气。

但表面上，在青蔓面前，我还是配合地给出了夸张的回应："你说得对，他简直越来越重色轻友了！"

青蔓很满意我的反应："那我先走了哦，你也早点回家吧！拜拜！"

她的话果然迅速被证实。

顾潮生让我帮他充话费的号码，就是属于傅湘的。

而他之所以那么着急，只不过因为第一次约会，她的手机却停机，他急着找她而已。

傅湘是他最后一任女友，也是交往时间最长的那个。

一直到2014年初春，长沙春雨淅沥，我重新联系上顾潮生时，他说，他和傅湘在一起整整七年。

我这才发觉，时光的脚步惊人。而我从前迷恋的永不长大的少年，已经不在那里等我。

好笑的是，我竟一直天真地以为，他身旁的女孩子换了又换，总有一天，轮也能轮到我。

可我错了，错得离谱。

七年，她陪了他那么久。彼此最好的青春时光，他们都真心交付给了对方。

我错过的时机，已经永远错过。

晚上回家，我看到QQ上有个新的"添加好友请求"。

点开看，对方说：温澜吗？我好喜欢你写的东西呢！我是你的读者！

没什么特别的，我随手点了"添加"。

对方竟然在线，还很热络：你知道吗，我好喜欢你写的文章。

我礼貌地回复：谢谢你的喜欢，我会写更多好看的故事的！

对方又问：那你能陪我聊聊天吗？

我刚好也没什么事情，就和她聊起来。过了一会，她忽然问我：你有没有喜欢过什么人？

我握着鼠标的右手轻轻一颤。

恍惚间，我想起，这个问题似乎顾潮生也曾经问过。

我脑海中闪过他的脸，可我当然清楚，不会是他，他又怎会为我花这样的心思。

傅湘的出现，足以提醒我：每一次，是每一次，我都晚一步。

从来都不是因为他太快了，是我，我一直以来的拖延与被动，是我太慢了。

我永远在纠结，永远在犹豫，永远希望他有一天忽然看到我，然后走向我。

不会有那一天的。

后来我买过刘若英的一张专辑，里面有首歌很好听：

"想一想，如果时间回到那夜晚，我那句话，还讲吗？

"…………

"只是后来我们依然孤单，你换了几站，我一直流浪。

"…………

"想一想，如果时间回到那夜晚，我想，那句话，也许不敢讲。"

我从来都不敢讲。

盯着QQ上的消息，我没有回答，却把问题抛给对方：你呢？

那边很快发来：有啊。我很喜欢一个人，可惜这个人似乎不太喜欢我。我觉得很苦恼，你说我该怎么办呢？

我想了一下，以面对读者的心态回复：告诉他？

对方忽然强调：是她！我是男生！

我一愣，我竟然有男读者？并且，还能找到我的 QQ ？

我觉得有些不可思议。

但我仍然适时改口：那你跟她说过吗？

他说：说过，但她好像只有在需要我的时候，才会想到我。而且最近，我感觉她应该过得很好吧，因为她几乎没再找过我了。

不知道为什么，这种说话的口吻，让我觉得熟悉。

隐约流露出小心翼翼的温柔。

我点击查看这个人的资料，发现他的 QQ 等级很低，根本是个新号。有种第六感指引着我，我尝试着给通讯录里一个号码发了个短信。

我：你在忙吗？

对方隔了好一会儿才回：不忙啊。

我又发过去一条：那这么久才回我？

还是等了将近五分钟才接到回复：真的不忙，你怎么了？心情不好？要不要我给你打电话？

大概是他明明说不忙，却又故意每次都间隔一些时间才回复，让我觉得古怪——

似乎正在坐实我的猜想。

我回：嗯，你打过来吧。

手机响了。

我没有给对方预留一秒反应的时间，直接问："假装读者好玩吗？"

听筒那边是徐南掩饰尴尬的笑，也算是默认了。

要知道，平常我发过去的短信，他一定是第一时间回复的，现在却因为心虚怕被我发现，反而显得欲盖弥彰。

我猜中了，却莫名觉得心里空落落的。或许，是在这之前，自己从没有被谁这样费尽心思地接近过？

想到他说"她应该过得很好吧，因为她几乎没再找过我了"，我忍不住有些内疚。

就在刚刚，他问我有没有喜欢的人，我没说。

如果我对他说实话，也许，就不会再让他觉得有希望。

但我却自私地没有说破。

如果说双向的喜欢是天赐，那么我想，顾潮生没有接收到神的旨意爱上我，也许正因为，我已经提前从别人的爱意里，透支了属于我的那份运气。

徐南有些委屈："这么快就被你猜到了，没意思。"说完他替自己打圆场地笑笑，"那你最近呢，还好吧？"

似乎总是这样，一旦对方表现得都顺着你，你就不会再去猜他的心思。

对这个人，也没有了好奇。

偏偏是那个总让你心生好奇的对象，你以为你不会喜欢他，却不自觉对他越来越关注。也不知从什么时候起，你戒不掉了——

那些对他的关注。

徐南的一举一动，心思简单到很容易被看透。面对他，我没有那些好奇。

第八章

年少时不要遇见太惊艳的人

有时候，我会希望从来不曾遇见你。

他们说，年少时不要遇见太惊艳的人，否则，后半生将都是遗憾。

那些年，我好像常常都在拼命否定我喜欢顾潮生这件事情。不只这样，当所有人对我说他有多优秀时，我还会故意唱反调：也没有那么厉害吧，就还好啊。

久而久之，这些好像成为一种条件反射。我想要骗过所有人，也包括自己。

原本，我以为傅湘会像顾潮生以往喜欢的类型一样，漂亮，少女感，或是黑长直。傅湘本人的确令人惊艳，她的眼神直接而明亮，五官精致，穿着打扮是中性的御姐甜酷风。

她对我也是落落大方，会喊我一起吃饭，也愿意主动叫上我一起玩。

相比之下，我对她的那些小心思，反而有时令我自惭形秽。

愚人节之后那天，上完早自习，教室里忽然气氛很好，沈明朗和几个男生在过道里追赶打闹。

他手里抓着一本书，白色的封皮，远远的，看不清是什么书，看起来是那几个男生想跟他借来看，他不肯，所以大家拉扯在一团，又笑又闹。

沈明朗在教室里跑了两个圈，忽然在我面前停下。我一怔，抬头看向他。也许是那天的天气太好，清早的阳光洒进教室，令他的笑容也被笼罩上夏天的气息。

"你猜，左手还是右手？"他的两只手都背在身后。

我有些状况外地"啊？"了一声。

他笑了："你该不会不记得，昨天我还欠你一个答案了吧？"

"我记得啊。"可我还是猜不透他的用意。

"左手还是右手？"他再次追问。

他手里究竟有什么机关呢？我想不到，但我听从直觉地随便选了个："左手吧！"

"确定哦？"他神秘一笑，眼睛微微眯起来，神清气朗。

我点点头。

然后，我看到他把握着拳头的左手缓缓递到我面前，手心朝上："打开。"

我好奇地看着他，终于忍不住伸出手指，试探着，轻轻去掰他的手指。

他却没等我用力，已经先我一步，缓缓地在我眼前展开手掌。

阳光就那么恰好地照在他手心上，我看到上面有两个钢笔写下的字：喜欢。

"还有右手呢。"他说着，把背在身后的另一只手也抽出来，送到我面前。我看到了那本刚才他们一群男孩子在争抢的书，封面上，书名的字体是红色的，醒目而甜蜜。

那本书是曾炜的《喜欢你》。

我望着那个书名，逆光之下少年额前的碎发，他手心的阳光，我清晰感觉到自己的心动。

这时，沈明朗忽然把书翻了个面，左手也迅速回到他的口袋里。他用封底拍一下我的头顶，笑着跑开。

那样甜蜜的氛围，空气中少年的发香，我承认，我是被这一切蛊惑了。

如果说顾潮生让我学会去爱，沈明朗带给我的，就是独属于青春的喜欢。

和沈明朗在一起，真的很开心。

我和他真的有好多好多说也说不完的话题，他的笑容好像有治愈一切的能力。

如果我爱上他的笑容，要怎么收藏，要怎么拥有？

如果不是阮静的再次出现，我会和沈明朗在一起很久吗？

没多久，班上传出我和沈明朗的绯闻。

我们只是上课偶尔写写字条，互相抄写下作业，竟然也被看出端倪。

有一天，我从教学楼一楼经过，阮静迎面走向我走来。

她第一时间注意到我，却没有避开，而是态度嚣张，言辞激烈："温澜，你怎么这么贱？"

我避无可避地定在原地，脑海中轰隆一声，整个炸开。

事实上，她只是对我说了一句挑衅的话。

但没有人知道，我脑海中浮现的，却是几年前的画面。

如果，我是说如果，她身后忽然出现一群人，怎么办？

或者，她勾勾手指，对我说"放学校门口等"，怎么办？

我瑟缩地抱紧自己的双臂，低下头，不发一言。

懦弱包围了我。

"最好别让我知道是真的。"她靠近我,"就算是我不要的,你也别想。"

我不敢回应,也不知如何回应。

她的指关节在我锁骨处稍稍用力:"你小心点。"

我紧张得下意识把指甲抠进肉里,却感觉不到痛,直到身后阮静的脚步声渐渐远了。

我问自己,我有什么可以解释的吗?

她说得没错,照现在的结果来看,从结论推断动机的话,他们的分手,的确和我脱不了干系。

我们之间,纵然没有牵手散步约会,却绝不只是普通朋友了。

我忽然害怕地捂住脸,靠着墙小声哭了。

我痛恨自己的软弱,却又学不会勇敢。

人在什么地方被伤害过,就会生怕再受同样的伤。

很多年后,我和沈明朗重逢,我装作不经意地对他透露这段往事,而他非常诧异地问我,为什么当初没有告诉他。

"如果你当初告诉我,阮静说了这些……"他不可置信,"我竟然从来都不知道。"

是啊,他又怎么会知道?

"还记得吗,我们同桌的时候,有一次,你趴在座位上哭了很久。你看起来明明那么伤心,却只是一直悄悄掉眼泪,没有哭出声音。"沈明朗忽然说起这个,"那一瞬间,我很希望,我可以保护你,不让你哭。"

我的眼泪掉下来。

"所以,如果当时你能告诉我,我会保护你。"

可是,这个世界上,又怎么会有"如果"呢?

我没有自信。阮静也是他真心喜欢过的人，何况，我心虚啊，我也确实坐实了她说的。

那么，我又哪来的底气证明自己？

当时我就站在顾潮生所在班级的后窗旁边，我忍不住小心地贴近最后排的窗口，朝里面看。我看到顾潮生的背影，看到他笔直的脊背，以及清爽的发。

他是那么美好，在我心里，他是永远的少年。

即使时光会老，他也是不会长大的少年。

那一刻我对自己说，妥协吧。除了顾潮生，我已经不想再因为别的男孩子担惊受怕，害怕未知的一切。

就算对象是沈明朗，也不要了。

那段时间我的状态非常差。

阮静找我之后不到一个礼拜，很快是一次期中测验。我考砸了，名次居然从十一名直线跌到五十二名。考试前我完全没复习，也好多天没有认真听过课，以致很多内容我都不认识。

就连平时引以为傲的数学，我竟然都没过及格线。

成绩单下来，班主任当着班上所有同学的面，强调了我下降的名次。并说，这是第一次看到有同学成绩下滑得这么明显，问我是不是家里出了什么事，然后又叮嘱我下课后去她办公室一趟。

而这整个过程中，我始终把脸埋在臂弯里，不敢面对任何人的探究的目光。

沈明朗丢了张字条给我，问我怎么了，我没有回。

他又写来一张：不管发生了什么，别难过。你不是还有梦想吗，既然写小说是你的梦想，那么只要梦想还在，你就不要放弃自己哦。

我看着这张字迹潦草的纸页，泪眼模糊。他根本不知道发生了什么，没有过多追问，却第一时间送来鼓励。他的话，和他这个人一样温暖人心。

那张字条，我后来保存了很多年，连同我问他借来的那枚硬币。还有，他写给我的那张同学录：放心吧，我不会忘记你的，你不是还欠我钱？

落款处有一个弯弯的笑脸。

他不知道，是他的话让我一直坚持写作，即使没有很多人看，我也没有被很多人记住。

但只要一想到，曾经鼓励过我的少年，想到他曾经坚定地对我说：一定要一直写下去哦，无论多少年后，我会是你最后一个读者。

下课后的办公室。

班主任当着在场所有任课老师的面，愤怒地说："温澜，我真的从没见过你这么没有自制力的女生。到底什么事可以完全不听课？"她想到什么，忽然提高音量，"是不是因为你爱好的写作？"

我难堪得不自觉后退两步，很希望她放过我，不要再说下去。这时一瞬间思维的放空，我想起顾潮生那次被班主任喊去谈话，大概也是这样的说辞吧？

身旁的英语老师听到是在说我，立刻添油加醋："是啊，温澜是吧？有时候看她上课还在写写画画，真不知道在干什么，她到底懂不懂什么才是最重要的？如果她能把写她那些破文章的心思，用十分之一到我的英语课上，我保证不是这个分数！"

她掷地有声，我当场羞愧得恨不能找个地洞钻。

这时，偏偏阮静来交收齐的英语作业本，路过我身边，淡淡扫我一眼，我听到她声如蚊呐："活该。"

我也不记得那天我是怎么离开的办公室。

晚上回家，我在超市买了十包咖啡。

从不喝咖啡的我，那一夜一杯接一杯，通宵没睡。我抱着数学课本以及厚厚的练习册，试图自学，跟自己发誓要补上落下的那些重点。从九点起，一小时一包咖啡，一直熬到凌晨五点。

没有人理解，我对数学的热爱。

最近这半学期，我们班换了数学任课老师，期中考试前一周，她居然还有 42 页的内容没讲完。课上，她一个劲道歉。

这件事，或许对其他同学来讲，不会像我一样得失心重。但我太喜欢数学了，也太想证明自己了。

那个晚上，我其实不为证明给别人，我只是生自己的气，我还想试试，如果我想自学数学到像以前一样，每次都满分的成绩，我还可以吗？

揠苗助长的结果当然是适得其反。我熬到清晨时，还是崩溃得大哭一场。

去了学校，居然发现这天轮到我打扫环境区卫生，我抓起一只大扫帚就往楼下赶，走了没几步路，忽然感到胃剧烈地痛。

我两眼一黑，跌倒在地。

醒来时，我眼前的竟然是沈明朗。他关切地问我："你怎么搞的？"

我吃力地摆摆手，却痛到说不出话。

他帮我请了假，还替我打电话回家。我打过止痛针，靠在医务所的沙发上发呆。这时候我已经不哭了，胃痛也已经好多了。

年少时，许多看似不起眼的小事，你以为能简单选择的分岔路口，其实多年后回首张望，原来不经意间，它已改变你往后人生。

我当然不希望自己的名次从此只能垫底，但我清楚地知道，高中每一天所学的知识点有多紧凑，我落下了差不多一个月的功课，不是轻松两三天能够补齐的。

三天后我重新回到学校，没有像我为自己制定的目标那样，重新打起精神，投入学习中去。我像变了个人，上课懒得听，下课也不出教室，一有时间就在写东西。

秋天，我接到阿宝的信，信上她说下周会回来一趟，因为我的生日要到了，她要回来给我过生日！

对我来说，这简直是这段日子以来最好的消息。

我特地跟顾潮生提前预约了时间，接下来就是眼巴巴地期待时间快点到那天。

傍晚，我接到阿宝的电话，她用听来很平静的口吻说："要不要听我说说，这段时间我的事？"

"嗯。"

"你还记得那次送我的生日卡吗？"她问。

如果不是她提，我差点都忘了。初中毕业前两个月，也就是她生日前几天，我在 E-mail 里跟她要到了当时她在外地的地址，然后召集班上所有愿意写祝福给她的同学，完成了一张集齐六十四句"生日快乐"的卡片。当时还没有快递，所以我寄了平邮给她，没想到她竟然顺利收到，还珍藏至今。

当时寄出去的信，因为一直没有收到她的任何回复，我还以为她根本没拿到，兀自遗憾了好半天。

"那是我收到最特别的礼物。"她说。

我忽然明白了她为什么要赶在我生日回来。

但她接下来所说的事，却让我太意外。

152

"我和他在一起了。"她说，"为了让他不再觉得我只是个学生，我出来打工，学穿衣打扮，踩十厘米的高跟鞋，怎么成熟怎么来，就等他有天突然发现，我也不错。你知道我为什么不在老家继续等吗？因为我要来有他的城市。他总到处跑，我跟着他，他注定甩不掉我。"

"后来呢？"我迫不及待想知道。

"成功了啊。"阿宝笑，"有天他应酬喝大了，他哥们儿竟然打了我的电话，喊我接他。那天回来我们就在一起了。"

我以为到这里，她和他之间，会是个不错的收尾。虽然阿宝所选择的生活轨迹，与其他同龄女孩不一样，但我想以她的性格，她清楚自己要的是什么，她会幸福的。

只是我没想到，她却忽然深深叹口气："我太傻了。"

"啊？"我没听懂。

"温澜，我太傻了。我以为他和我在一起，我就满足了。"阿宝的声音低下去，"但我们只好了两个月，我发现自己……"

她说到这里忽然说不下去，我却似乎已经猜到了答案。

"……他前天刚走，留下一些生活费，让我回去找我妈。还说让我以后再也别去找他。"阿宝深吸了一口气，"我想你了。"

我不敢让阿宝听到我在哭。

"我想你了。"阿宝重复道，"我还想回去上学，我打算回去报个班学英语。"

我们断断续续聊了很长时间，直到我手机彻底没电。阿宝的声音听起来很疲惫，而我只有挂断电话后，才敢放肆哭出声来。

成长好残酷，它从不祝福你的叛逆，也不替你治愈伤口。

我生日当天刚好是周末，早跟顾潮生约好了一起出发。路上，我告诉他阿宝也会来，他非常惊讶："你们竟然还有联系啊。"

"是啊，虽然断断续续，好在一直都有她的消息。"

顾潮生应了一声，气氛忽然安静。看他的神情，应该是在回忆和阿宝有关的那些过往画面。

好一会儿，他才试探着问："阿宝……她现在怎么样啊？"

我顿了顿，最后也没说实话："挺好的，跟你说，她特地从外地赶回来给我过生日呢！"

"其实那时候……"顾潮生的记忆似乎回到了三年前，"我和她，不知道算不算在一起过。"

我一愣，半天没有反应过来。

他被我盯得有些不自在地反问我："你觉得算不算？"

我还在努力消化他的意思。

他是说，在他心里，阿宝也算是他曾经喜欢过的女生吗？

"虽然没有说破，但那时候偶尔单独和她出去，你不在场。"顾潮生可能看出了我的惊讶，"和她在一起的时候很舒服，也很有默契。"他说到这儿停下脚步，看了看我，"不管在聊什么，我只要说出上句，她就能很默契地猜中下句。"

"是吗……我竟然完全……"我有点不知道怎么接他的话。

"完全没看出来？"他自言自语，"我也不知道算不算，但她应该是唯一一个，能够完完全全懂我的女生。不像你，"他故意笑着看向我，"每次我们三个一起走，你只顾着听，还经常要解释好几遍，你才明白我们在说什么，真是常年不在状态。"

他说，"不像你"。

我被这三个字刺痛了眼眶，用力眨了眨眼，努力不让眼泪冲破眼眶。

"也许当初并不觉得,但现在想想,可能真的太久没有她的消息,所以想到她时,只有这些画面还记忆犹新。"顾潮生继续说,"不过我们始终没有说破,而我后来和林西遥在一起,所以也就不了之。"

说起这些时,他的表情好像在讲别人的事情。

大概只有我觉得不可置信?

原来在他心里,阿宝是这样的存在。

可为什么所有人在他心里都有一个特别的位置,只有我,不属于这其中之一?

我没有林西遥的勇敢,也没有阿宝与他之间无须多言的默契,更没有青蔓或者周蔷出众的美丽。

我什么都没有。

除了做个朋友,不远不近。

难怪,他从来都看不到我。

我还沉浸在自己的难过里,顾潮生却推我一下,原来已经到了。

这家饺子馆是初中时我们几个常来的,而自从阿宝不和我们一起,便没怎么再来过。

今天我特地没有喊其他朋友,就只有我们三个。

阿宝看我面对饺子一副如临大敌的表情,在旁边笑:"你们两个现在都还好吧?"

我点点头,顾潮生却只是淡淡笑了下。

进门以前,我所设想的他们两个像从前一样相谈甚欢,甚至把我理所当然晾在一边的场景,居然没有出现。更不可思议的是,他们两个每每展开新话题,竟然都是借助我。

我忍不住感慨时光的力量。

它让平淡的陪伴变得愈加深厚,也能让原本相熟的人逐渐陌生。

吃到一半，顾潮生的手机忽然响了。

是短信，他看了一眼，傅湘在找他。

"阿宝，澜澜……"又是撒娇这招！真受不了！

我看看桌上的残骸，其实确实吃得差不多了，只不过待会儿说好的去唱歌，看来顾潮生是注定要放我们鸽子了。

阿宝和我交换一个嫌弃的眼神，冲他摆手："算了算了，去去去！"

他也不含糊地一下站起来，把椅子往边上一挪，搞出很大动静："澜澜！你最好了！生日快乐！"

我以为他要没良心地说走就走，没想到他却从口袋里掏出一个小盒子，递到我手心："给你的哦！怎么样？我还是够意思吧。"

顾潮生居然给我准备了礼物！

"谢谢！"我开心地说。

顾潮生抱歉地拍拍我："晚点我还是会过来一趟的！你们先过去，然后告诉我是哪个包厢。"说完，便步履匆匆地离开。

我打开盒子，里面是一根景泰蓝的软陶项链，细节做得很精致漂亮。

小心翼翼把礼物仔细收好后，我看看时间，也差不多可以去唱晚场了，于是拦了个出租车，和阿宝先过去选好包间。

其他人都还没到，我们两个先进去点了几首歌，开着原唱。我坐到阿宝身边，还是没忍住："我问你个问题……"

"说吧。"阿宝一向爽快。

我一鼓作气："你喜欢过顾潮生吗？"

"谁跟你说的？"阿宝显然被我的话惊到了。

"难道是真的？"我追问。

不可能吧？

阿宝敲一下我的头，满是无奈："怎么可能，要说喜欢，那也是你喜欢吧。"

我一怔，阿宝继续说："上次也不知道是谁，因为顾潮生和林西遥在一起，在电话里哭得一塌糊涂，难道是我？"

我还试图撇清："我那只是一时间不习惯他和别的女生走近后，就不管我们了。"

"那你现在干吗突然问这个？"阿宝很聪明地猜到这样的话肯定不是无中生有，"如果你自己不喜欢他，为什么会突然扯到这上面？"

我当然不能跟她说，是顾潮生和我说了什么，却又一时之间想不到怎样才能转移话题。

这时，包厢门被人推开，我几个朋友走进来，大家开始点歌的点歌，霸麦的霸麦，其他人则无聊地玩起游戏。

阿宝和我的话题也就自然而然被切断。

那个晚上，沈明朗其实也来了。

他和顾潮生一起来的。他们俩都只坐了一小会儿，沈明朗把我叫下楼，KTV门外就是江边。

"生日快乐。"他笑着说。

"谢谢。"

"我要先回去啦。"他熟悉的笑容被灯光笼罩，让我有一瞬的恍惚。

"不再坐会了吗？"我望着他，眼眶有些温热。

他嘴角弯起一个温柔的弧度："不了，该回去了。"

我没再追问，这一次，不是只有我在刻意保持距离。从这个疏离而有分寸感的答案里，我知道，我们之间，回不去了。

江面的风吹起我的发，他的背影定格在那天的晚风里，我望着他一直背对着我，走到很远的街道尽头，拐个弯，不见了。

我揉揉眼睛，才意识到自己不知什么时候，已经哭过。

不久，顾潮生也提前离场。再晚一些时候，其他人纷纷散了，又和来的时候一样，只剩下我和阿宝。

阿宝的神情落寞，夜色浓浓，她挪坐到我身边，有点难过地抱了抱我。

而我总是不会安慰人。

只差一个月高考时，顾潮生有次和我碰面，建议我去报个编辑专业，内容可以自学，搞不好能加分。

他满怀期待的表情，让我想起从前每次临近毕业，我都要做一次的那道选择题。

可是，这一次，已经不一样了。

他不清楚我已经一落千丈的成绩，而他所在的班级是尖子班，他自己的成绩更是在全校名列前茅。

他应该可以考个很不错的学校。

他可选择的大学太多，我已经提前预见了将来要与他天南海北的日子。

有天晚上我收到他的短信：出来？

当时我正在家看电影，刘若英和古天乐主演的《生日快乐》。我想起一句话：不是不相信你，也不是不相信爱情，而是不相信我自己。

不相信自己可以拥有爱情，可以拥有你。

出门时，我看看时间，已经快零点。好在隔天是周末。

当时已经是夏天，深夜的街道上，除了我和顾潮生，几乎没有别人。他在路口的街灯下等我，灯光把他的影子拉得老长，看我过去，他远远地露出两个笑窝。

后来我才知道，那天他其实是为等傅湘从外地回来。她说一个人半夜到站会害怕，所以让顾潮生来接。然而火车一直晚点，原本午夜一点能到，之后又说两三点都不确定。

其实，那也是记忆中唯一一次，我和他一起在夜深人静的马路上散步。路过一个烧烤摊，难得地还在营业。

顾潮生说想吃烤玉米。

烤玉米的确好香。

"还有韭菜，我最爱吃韭菜！温澜你陪我吃点吧。"

我就站在他身边，看他一下子捏捏茄子，一下子选只红椒，挑挑拣拣，最后凑了满满一桌子。

顾潮生爱吃烤的韭菜，也喜欢吃韭菜馅饺子和韭菜合子。我把他这个习惯记了很多年。

一直到后来，我和一个叫林航的男生在一起，每次涮火锅我都会不自觉地选韭菜，他每次都说他从来不吃韭菜，但我永远记不住。最可笑的是每次我都问他说，你不是一直很爱吃韭菜吗？我记得你是爱吃韭菜的啊。

顾潮生给我留下的习惯太可怕，年少的爱是心头永远的疤。

一旦我伸手企图将结痂抠下，便注定不受控制地在回忆里沉浮。

顾潮生给我倒了杯酒："你觉得，我是不是很花心？"

我一愣，想说"是有点"，却忍不住笑场。

那时的我当然猜不着，后来，会有他和傅湘彼此羁绊的七年。

"她总是不相信我，不相信我拒绝了 A，不相信我没答应 B。"他拿筷子一丝一丝地夹烤得鲜嫩的茄子肉，"在她眼里我应该是个……

随便谁都可以暧昧，随便谁都可以在一起的人吧？"

"那阿宝呢？"我脑海中冒出这个念头，脱口而出，"其实那天你说这个的时候，我也一瞬间觉得……"

他拿筷子的手顿了一下："可能吧。"

"别人好像很容易就能走到我心里来。"他有点懊恼地低下头，"我只要感觉那个人对我很好、很懂我，我就会有点不舍，也有点依赖。"

"就是不主动不拒绝呗。"我不客气地反驳他的说法，"不要说得那么冠冕堂皇了！"

顾潮生一愣，笑了起来："好像你说得也对啊，看来的确是我的问题。"

我懒得搭理他，伸出筷子去抢那一点所剩无几的茄子肉。

那一刻，其实我有点走神。

我在想，喜欢一个人，究竟有什么依据？

似乎，我们的标准，从来都不是一个通俗意义上的"好人"。

像顾潮生这样，既不算专一，也谈不上多么痴情，可他身旁也从来都不缺喜欢他的女孩子。

他最大的特质，是温柔。

我渴望他的温柔，也喜欢他的孩子气。我欣赏他的执着，却也懂他的退缩。我想守护他的骄傲，也想庇护他的软弱。

只要是他，好的坏的，都是我心甘情愿的。

"对了，你准备考哪儿？"顾潮生说。

这个问题好熟悉。

听他这样说，我好像感觉时光倒回从前。记忆的大树，似乎树根突然被人挖开。我猛然回想起第一次为顾潮生流眼泪那天的场景。

那是六年前的毕业典礼。

160

所有人聚集在教室里，又笑又闹，我被追逐嬉戏的同学糊了一脸蛋糕，却顾不得还手。班长拿手掌在我眼前晃来晃去，问我在想什么。

我不敢说，我一直在等顾潮生。

我以为那天会是在班上最后一次见他，当时我也不确定，以后还能不能跟他做同学。我捧着属于我的那一块奶油蛋糕，盯着门口的方向。

他始终没有出现。

直到快散场，我才听几个女生在叽叽喳喳地八卦："你们发现没有，顾潮生没有到耶。"

我心一紧，立刻竖起耳朵，听到有个女生说："是啊，我听班主任说他在生水痘！"

还有个女生夸张地尖叫："哇，水痘，那不是一脸痘痘，好难看哦！"

她们七嘴八舌地议论，而我却落寞地知道，顾潮生不会来了。

这时候，我才开始慢吞吞地吃蛋糕。

散场后，大部分同学都和好朋友一起回家，因为在他们眼中，这也是彼此之间，最后一次这么亲密。

而我，我背着包，谁都没有喊，只是一个人最后一个离开教室。临走前，我在顾潮生的座位旁边安静地站了一会儿。

我对空气轻声说："顾潮生，再见了。"

那天回家的路上，太阳特别刺眼，我一边走一边觉得眼睛很痒，就一直揉啊揉，后来莫名其妙就哭了。

我记得那段时间，班上所有人都在追一部电视剧，它的主题曲在当时的我们听来特别文艺：别等到秋天，才说春风吹过，别等到告别才说真的爱过。

脑海里就一直循环地播放着这首歌，隔了很久，我才擦干脸上的泪。

思绪被顾潮生啃玉米的样子生生拉回，他嘴上蹭了一圈炭火留下的黑点点。喜欢一个人就是这样，不管他是什么滑稽的样子，你都觉得可爱，都会留在记忆中很深刻的一块地方。

我随口回答说："没想好，你呢？"

"我想去成都。"他开始夹韭菜，慢条斯理地，"报川音（四川音乐学院）的播主（播音与主持）专业。"

成都。我第一次从顾潮生口中听到这座城市的名字，脑海中立刻勾勒了一张简化版的中国地图，快速心算了成都与我们所在城市的距离。

结论是：好远啊。

我只好，也只能压抑心里的不舍，故作镇定地提问："那她呢？"

"我也不知道，她不肯说，也许是还没决定吧？"顾潮生叹了口气，"反正她不在乎。"

"你这一听就是在赌气。"我问，"你们怎么了，她不在乎什么？"

顾潮生犹豫了一下，还是把细节告诉我："就我刚才说的，她觉得我自己已经决定了报哪，完全没把她考虑进去，又觉得ABCDE中肯定有人也是选的成都，她觉得我是因为别人的志愿，而决定去的。"

"是不是很好笑？"顾潮生苦笑了一下，"但奇怪的是，我竟然没办法生她的气。"

"当然啊，她是因为在乎你嘛。"我说。

我们很小的时候，顾潮生字写得最好看，大人们都说，他以后肯定可以靠这一手有功底的书法立足。

刚上初中，有次顾潮生和我说他的理想是当医生。那时候我连医生的英文单词都还不会写，顾潮生就反复在我面前显摆，说，来跟我念！d-o-c-t-o-r, doctor！

他说，想学医是因为不想再看身边的人生病，却无能为力。

现在，他说他的理想是去川音。

我有些唏嘘，他的梦不一样了，喜欢的人也换了好几个。

时间过得真快。

其实，我大概不该唏嘘他已经变了。他没有错，只是我一直还停在原地。

是我，已经追不上他的脚步。

但我又有些骄傲，是因为……

"话说回来，"顾潮生站起来给我倒酒，"好朋友就要像我们这样！你说呢？不用每天见面，也无所谓常联系，但每当对方需要，总会及时出现。你看，我一个短信，你就这么晚都来陪我。"

顾潮生说完，举杯一饮而尽。

……是因为，他身边始终有我。

那个晚上，在烧烤摊，顾潮生的睫毛被染上一层浅金色的光，眼睛亮得像星星那么好看。我听到他醉醺醺地问我："温澜，如果我真的去了成都，到时候你会来看我吗？"

我永远忘不掉他闪闪发亮的眼睛。

第九章

因为中间空白的时光
如果还能分享
也是一种浪漫

我遇到一个和顾潮生很像的男生。

有天下很大的雨，早上我坐在教室，在班级群里无聊发消息：好冷啊，跟同学蹭的伞，我外套都没穿，要结冰了。

有人在底下回复我：真懒。

我嘴硬：是啊，我就是懒，搞不好过会儿雨就停了呢。

聊了一会儿，我开始看小说。

没过多久，他出现在教室里，我埋着头，却听到四周一片嘘声。

那一刻，我自然而然好奇地仰起脸，望向门口，看他急匆匆地走进教室，鞋子上还带着雨水与泥土的气息。他穿着两件宽松的大外套，停在我面前，脱下里面一件没被打湿的，披在我身上。

所有人望向我们，我望着他，他不紧不慢从包里取出另一把干净的伞，放到我桌上，说："要是下课还下雨，你就用这个；要是雨停了，你下次用。"

说完他冲我笑笑，什么都没说，转身走了。

顾潮生你知道吗，我也想要一个人，对我很温柔。在我手机停机的时候，他会比我还着急地替我充话费，在我很晚还没回宿舍的时候，他会比我还着急地问我在哪里。

我也想要拥有这样的一个人。

如果这个人不是你，那他会是谁呢？

我在等。

你知道我有多懦弱吗，顾潮生？我害怕命运带我远离你，我害怕我想走近，你却不愿意。我害怕选择，我只想做被选择的那个。

晚上吃过晚饭，我撑着他给我的伞回寝室，远远看到他还站在一楼的门口，手上抱着一个大箱子。看我来了，他把箱子塞给我，说："这个给你。"

我回到寝室打开看，发现是一箱子我爱吃的小零食。里面有一张字条，写着：吃完了我再给你买。

有一种男孩子，从来都不会问你：做我女朋友行不行？

但他根本就是把你当女朋友宠着。

林航对我来说，就是这样的人。

最重要的是，他竟然还有些莫名地像你。眉眼不像，身形不像，但我就觉得他像你。

2007 年底，我在长沙遇到林航。

你没有去成都，而是和我一样，留在了长沙。但不同的是，我在城市的南边，而你在城的西边。你有次给我打电话时说，你们学校食堂的菜特别好吃，让我有空可以去尝尝。

我答应了，但我从没主动去找你。

这么多年，顾潮生，我早习惯了你有事时一个电话，然后我随传随到。

我却越来越不敢要求你。

我担心你拒绝我，担心你没时间，担心你太忙。最担心的是，我成为你心里那个很麻烦的女生。

很多年前我便暗下决定，我要做那个你一想起和我相处的时光，就会觉得很舒服的人，所以我不会麻烦你。

傅湘和你一样留在长沙，我甚至不清楚你为什么没去成都，是分数线没达到，还是别的原因。我从没问过你。

我不想知道原因，也不好奇。

你留下了，我很开心。

那段时间，我经常和林航的朋友们组局玩在一起。

有次游戏的中途，有男生打开一包槟榔，问大家要不要吃。

我伸手说："拿来让我试试。"又觉得太大一颗我嚼不动，于是问身旁的女生，有没有谁要和我对半分。

在其他女生都拒绝我时，林航忽然走过来，从我手里再自然不过地接过那颗槟榔，放到他嘴边咬下一半，把另外小半边递给我："喏。"

我脸一热，还是努力装作若无其事地接过来，放到嘴里。

这是我恋爱的起头，顾潮生。我没有告诉你，我终于想要放下你了。

我们认识这么久了，我总是在等你的空窗期，却每次都被迫猝不及防接受你的新恋情。现在，我和你越来越远，更可怕的是，我已经越来越长时间地得不到你的消息。

你知道吗，林航和你一样，特别孩子气。

但我走近他才发现，他没有你眼神里永远不动声色的温柔。他霸道，还凶巴巴，不许我和这个男生一起玩，也不许我和那个男生走得太近。他从来都不知道，我心里有个你。他不了解我们的过去，不会在我面前忽然提到你。

你疑惑吗，为什么徐南不行？

我可以告诉你，不是因为他对我太好了，而是他像那些认识我也认识你的朋友或同学一样，他会若无其事向我问起你："顾潮生……

你们还有联系吗？"

每个会在我面前随口就能提起你的人，他们的存在，只会纵容我的思念，加速我的溺水，让我无法呼吸。

顾潮生大学的第一个寒假，放假回家后我去找他。他带我和傅湘一起去吃饭。

火锅店里，傅湘点了好多她爱吃的，顾潮生对她手中的菜单指手画脚，要求再来两份韭菜。

一旁的傅湘吐槽："韭菜有什么好吃的，好容易塞牙呢！"

我顺口说："他一向喜欢吃韭菜啊！你没点香菜吧，不然待会整锅都会飘着香菜味……"

"你也不吃香菜啊？"顾潮生看着我。

我摇摇头："不啊，我爱吃香菜啊……"

他非常震惊："那你不要香菜？"

"你不是不吃香菜吗？"我有气无力地嫌弃他的大惊小怪。

他表情惊喜，脸上分明写着：天哪，澜澜你真是太了解我了。

那一刻我想到一句话：女朋友是用来宠的。

顾潮生一定很宠她，不然她也不会像这样，连他的喜好都不清楚吧。一瞬间我鼻头发酸，低下头用力揉了揉眼睛。

顾潮生问我怎么了，我摆摆手："没有啊，锅底烧开了，你们还不快点菜，我都被热气熏得想流眼泪了。"

他笑我："这么娇弱！"

吃到一半，傅湘起身去洗手间，回来的时候看到我们俩在聊天，忽然惊讶地发出"啧啧"声。

我们齐刷刷望着她，却见她一脸神秘："你们猜，我刚才看到什么？"

我和顾潮生对望一眼，然后将整个店铺环顾一周，最后无奈摊手，表示：实在猜不中，还是你来公布答案吧。

傅湘神秘地挑眉一笑，反而慢条斯理地坐下，拿起筷子夹了片顾潮生替她涮好的羊肉，放到嘴边，这才不紧不慢说："我刚才从洗手间往这边走，看了半天，居然找不到我们坐的位置了，然后眼光扫过你们，差点以为你们才是一对情侣呢。"

她夸张地笑了，又说："真的！温澜，我看你比较像他女朋友！"

说着，她特别自然地接着吃盘子里的虾丸。

我有点儿不自然地笑了一下，顾潮生却好像没听见这句话一样，直接跳到了下一个话题。我和他面对面坐着，边吃边聊。他仍然是那个只要和我在一起，就会话很多的少年。

傅湘一直在埋头苦吃，并且时不时抱怨两句："和你们在一起太没意思了，你们话好多哦，我还是吃东西好了。"

这时候，我又想起顾潮生曾经说过的话。

他说阿宝是那个只要他说上句，就已经完整猜中他接下来全部想说的女生。他觉得她是最了解他的人，所以微微心动。

那么，我呢？

现在的我，和他之间的默契，会给到他这样的感觉吗？

我在想什么呢？

不会的。

眼前的顾潮生，满心满眼，都是他的心上人。他时不时给傅湘夹菜，他记得她爱吃的，不爱吃的。

我感觉自己眼眶胀胀的。

吃过饭，傅湘忽然接到个电话，说她妈妈喊她回家。有亲戚来家里，她需要回去一起招呼。

顾潮生问她："那我送你吗？"

傅湘看看我，特别大方地说："不用啦，你待会和温澜一起回去吧。我们不顺路，你不用特地跑一趟。"

顾潮生伸手替她捋了一下额前的发，叮嘱她说："那你小心点，有事打我电话。"

她点点头，拿起手包，脚步轻快。

望着她明媚的样子，我似乎明白了顾潮生为什么那么喜欢她。

我们每个人，都会不自觉想要靠近温暖，靠近能量，顾潮生也不例外。她才是他想抓住的光。

回去的路上，路过一家超市，顾潮生揉了下胃那一块，我问他："你又胃疼吗？"

"也不疼，就是有点儿不舒服。"

"要不去逛下超市吧。"我提议。

他真爱逛超市，立马一口答应："好啊。"

我们从一楼拉着小推车，一层一层，慢吞吞地往上逛。

在卖家居的片区，顾潮生忽然说："我特别喜欢逛超市。"

我知道啊。我在心里默默想，早十年前就知道了！

他没在意我的表情，接着说："尤其是卖生活用品的这些货架，我以前经常想，如果以后有了自己的房子，那么房间里每一件装饰，每一个摆设，家电也好，又或是日用品，我都要和我喜欢的人在吃过晚饭后，惬意地边散步边来超市慢慢挑。"

顾潮生说到这里，眼角眉梢流露出一种别样的光彩。我想，能成为他喜欢的人真好啊。

我好羡慕那个人。

他指着一套四件套说："我喜欢这样的颜色，干干净净的。你觉得呢？好看吧？"

一瞬间，我好像模糊了我们之间的背景色，还以为自己是在一场很美的梦境里，顾潮生和我一起，我们正在看家居摆设，他问我：澜澜，你喜欢哪个？

然而，我没有机会跌入这样的美梦。

我们去二楼的食品区。

顾潮生问我："澜澜，你知道我为什么爱吃饺子吗？因为我奶奶给我包的饺子特别好吃。"然后他指着各种水果，"你喜欢吃什么？我买给你啊。"

我摇摇头："我不是来买这个的。"

"那你来买什么？"他一边选火龙果，一边不解地扫一眼旁边的我。

"你先选啦，我待会看到了会拿的。"

我果然没有低估顾潮生的吃货潜质，不知不觉间，他已经塞满了一推车零食。路过酸奶货架时，我过去拿了两个大盒的，塞到筐子里。

"你就为了买酸奶？"他再次疑惑。

我把想说的话先快速在脑子里过了一遍，尽量保证自己说出来不会显得太暧昧。

"对啊，你不是胃不舒服吗，分你一盒。"说完我指指结账的队伍，"好多人啊。"

但即使这样，顾潮生仍然捕捉到了我话里掩不住的关心，他又露出了吃火锅时那种惊喜的表情："澜澜！你真的好细心！"

我的心深处，好像被什么轻轻戳了一下。

我的关心，原来并不需要藏得那么小心。明明只是指缝里露出

173

的一点点，都能让他这么开心。

结完账，我接过他手里两个巨大的袋子，说："我帮你拎一会儿吧，你先把酸奶搞定。"

顾潮生笑得眼睛弯弯的，头歪了歪，样子很可爱："好啊。"

我没有告诉顾潮生，那年夏天，我、林航和几个关系不错的同学一起，在长沙租了个六人间。

没什么事的时候，我就窝在房间里写小说。

那一年我写了很多故事，陆陆续续发表在各种杂志上。每一篇里，我都会私心植入一些顾潮生的影子。

徐南有次晚上九点多给我打电话，问我在不在住的地方。

"在啊，怎么了？"我猜不透他想干什么。

他答非所问："我和我几个兄弟来你这边玩，不知道末班车是几点，能不能来得及赶回去。"

我算了一下："应该差不多吧，你再晚点可能就真的没车了。"

徐南所在的学校和顾潮生一样，在长沙西边，还蛮远。

他听我说完就挂断了。这期间我看了一集综艺，手机又开始震动起来。

还是徐南。

听起来，应该是喝了点酒。

"你还没回去啊？"我懒散地问。

"对啊，回不去了，没车了。你那里有没地方可以借住？"

信号不是特别好，但我仍然能隐约听到他说完这句话，听筒那边，他朋友起哄的声音。

"你说什么？我信号不好，听不清啊。"我实在尴尬，想不出更好的回答，于是选择了装傻，"我手机快没电了，你等一下，我去充个电然后打给你啊……"

我说完，不给徐南任何接话的机会，直接关掉了手机。

有时候，我们并非听不懂对方的暗示，只是迟迟不想给出那个机会。

许多年后，徐南曾打过一通电话来问我。

那天我们似乎聊了很久，回忆了很多从前的事。他忽然想起什么似的问我："温澜，其实当初……你是喜欢过我的吧，对吗？"

下一秒，听筒两端，是我们两个同步的沉默。

"到现在，我还是一直想知道这个答案。我们聊了这么久，无论话题绕到哪里，最后我都会忍不住想要试探你。"他干笑了两声，"我想知道，你以前到底有没有过哪怕是一点点，喜欢过我。"

我哽在喉头的那句"没有"，终究说不出口。

那应该是徐南最后一次主动找我。

我原以为，生活会就这样继续。

有天我和林航窝在客厅的沙发上一起看电影，他忽然跟我说，他准备去外地了。

我当时好像是怔住了，一瞬间，我以为自己会很伤心。

林航凑到我身边，轻轻抱了抱我，认真的表情似乎在对我承诺。他说，现在去外地是有亲戚帮他安排好了工作，他去赚点钱，等他安顿好了，就把我骗去领个证。

说完，他轻轻笑了。

我想他是真心喜欢我的，因为他未来那么久之后的计划里，竟然有我。

林航走之前我们一起去逛街，在银饰店里，他选了一对尾戒，把其中小点的那只给我戴上："等以后有钱了，我换一个带钻的给你。"

他这么说的时候，我仰着脸看他，原来我面前的男生已经是个英俊的大男孩了。一瞬间，我闭上眼，竟然又联想到，顾潮生，你一定也对你喜欢的女生说过同样的情话吧。

你都送过她们什么样用心的礼物呢？一定也有戒指，对吗？

林航在这时忽然轻轻地亲吻了我的额。

你知道吗，顾潮生？我一下子就哭了。

我想起了你好多年以前，给我的那个蜻蜓点水般的吻。

我终于遇到会牵着我的手过马路，把胳膊搭在我肩膀上送我回家，会温柔地拥抱我、亲吻我的男孩了。

从一开始，这个人就不可能是你呀，可我竟然还傻傻期盼了那么多年。

林航走的那天，打包了很多东西，只有我一个人送他去火车站。他霸道地最后叮嘱我："我不在的时候，你不许搭理别的男生！如果我发现了，我会再也不理你的。"

我乖巧地点点头："好的。"

然后列车轰隆隆地离站，我对空气挥挥手。

我忍不住给你发了个短信，那是我第一次告诉你，嘿，顾潮生，我恋爱了。

顾潮生看完短信给我的回复是一个语气助词：喊。

什么意思嘛，我回过去一个问号。

恋爱就恋爱呗。他回我，过了一会，他又发来一条：周末有空吗？

我承认，那一瞬间，无论是觉得他对我总算有了一丝丝占有欲，还是想到他终于要约我见面了，我们的"一期一会"总算要来了。

我嘴角上扬，字里行间却不动声色：有事？

哦，我想买个笔记本。大学总要用电脑，好不方便啊。

当年笔记本的确还不普及。我用着一个电脑城淘来的二手本子，于是索性对他推荐：二手的也不错，实用。你不玩网游的话，基本的配置肯定够用了。

其实我知道顾潮生是想买台新电脑，但当时的我，就是有种很隐秘的念头，想要让他和我一样。

又或者是，也想让他觉得，需要我帮忙。

我开始假装懂行地向他科普二手笔记本有多么划算，性价比简直了。

我努力试图说服他，想让他和我一样，看差不多的世界。

我不想他跑得太快，那样我会追不上。

而每一次，他在我的怂恿之下，最后选择了参考我的意见时，我甚至会拥有像刷完一个新副本一样的满足感。

那一定是代表着，他越来越习惯我的存在。

我有自信，总有一天，顾潮生会发现，他心中那个属于我的位置，不会有人能够轻松取代。

年少相知的人，即使过一辈子，也无法忘怀。

顾潮生想了下，果然像之前很多次那样，被我说服了："那周末你陪我去看看吧。"

我故意用很犹豫的语气回复："周末啊……"

"你就陪我去看看嘛，澜澜你最好了，你都不陪我去没人陪我去了。"

又开始撒娇了！真受不了他，我嘴角忍不住扬起："好吧，那你到时候打电话给我。"

周末的下午天气很好，在电脑城等到顾潮生时，我远远朝他走过去，边走边笑。我才发现，这竟然是我来长沙这么长时间，第一次和他单独出门。

从什么时候开始，我们的联系越来越少，他越来越忙？

城市忽然好大。

电脑城里，我陪他转了好几圈，问了许多家店铺，相互比价。他总会扯我的手腕两下，再自然不过地冲我撒娇："澜澜，你帮我看看，我不懂。你帮我选吧？"

我想，他在傅湘面前，一定不会这样。

后来，我听过一个悲伤的说法：男生只有在喜欢的人面前，才会表现得像个小孩子。如果他不喜欢你，你只能拥有他对你彬彬有礼的一面。

这句话，让我一瞬间，恍惚想起这一刻的顾潮生。

我忍不住催眠自己，我宁愿相信，他曾经也是喜欢过我的，也有那么几个瞬间，他是依赖我的，他是需要我的，他心里是有我的。

只是我们太熟悉。

我们之间，太近了。

他的眼睛被浓雾遮住，他看不到我。

我陪他选好电脑，然后一起去吃了点东西。

路上，公交车开得很慢，然而我却感觉时间过得好快好快。

我喜欢和他在一起。只是听他说话，我都会觉得开心。

林航在那边没待多久，之后，竟然去了成都。

那一刻我是真的相信，这世上许多事，其实冥冥之中，早有安排。

就像当初顾潮生说，他最好的朋友和最爱的女孩都去了济南，从此没回来。

其实我并不清楚顾潮生心中最爱的是谁。

而这些年，我身边也不乏有人示好，但回想起来，他们却始终面目模糊。

之后不久，我接到编辑的电话，问我要不要考虑去杂志社上班。

从事文字工作，是我一直以来的梦想，现在有了这个机会，我毫不犹豫地想要抓住。

入职第一天，我便打给顾潮生，汇报了下行踪。他的声音听着竟有几分惊喜："还顺利吗？"

"还不错。"我正准备说"等我发工资请你吃好吃的"，还没来得及开口，顾潮生在那边有点匆忙地解释，"我不在长沙，信号有点不好，如果突然断了你别着急。"

"你不在学校？那你在哪里？"我疑惑。

他有点吞吞吐吐："……和她请假出来旅行。"

"这样啊……好玩吗？"我顺着他的话问。

"好玩，就是人太多了。明明不是假期，不知道人为什么也这么多。可惜你没有跟我们来，不然可以一起玩了！不如我们下次选个别的地方一起去啊……"顾潮生的声音透过断断续续的信号，以及熙熙攘攘的人群背景音，模糊地传过来。

我好羡慕，也好神往他为我勾勒的那个画面。

如果能和他一起旅行，我想不管去哪里，我大概无一例外，都会非常开心。

回过神来，我才想起要埋怨他。

"你这次也没有喊过我啊！骗子！你心里简直没有我！"不知道从什么时候开始，我也可以放肆地和他开玩笑了。

"我就是说说……谁不知道你现在是两个人，哪有空来给我们当电灯泡？"他说完冲身边的傅湘不知使了什么眼色，"对吧？"

在那个停顿里，我嗅到了甜蜜的氛围。

我还没来得及和他细说我和林航的近况，而他，连我此刻正处于一段异地恋中，也全不知情。

不过这些，我想他不会有兴趣的。

我岔开了话题："你们先玩吧，别和我说了，我挂了啊。"

毕竟当时匆匆从学生角色切换到初入社会，我并不谙人心。在公司做了三个月，眼看要过实习期，老板竟然把我喊过去说："下个月你不用来了，工资我们在核算，发薪水那天会打到你卡里。"

我下意识以为，是不是自己工作没做到位。

工作是当时的编辑替我牵的线，但她自己并不在这边工作。我试图追问原因，老板皱了下眉，似乎不好意思看我，反而有些为难地盯着电脑，半晌才说："我们这边情况呢，你也清楚。你下个月转正工资翻倍，但公司规模并不大，说实话，也养不起你。要不，你去别的公司看看？"

我这才明白过来，竟然是因为公司其实只想一直聘用实习生做做杂事。

我抱着寥寥可数的几件办公用品从公司出来，蹲在路边，在想自己可以去哪里，接下来又该怎么办呢？

我下意识打给顾潮生，然而电话接通，我问他："在忙吗？"

"在准备下个月的会演，有事吗？"他有一说一，并没有察觉到我的低落。

我连忙假装若无其事："那你快去忙吧，我没事，只是刚想找你

180

聊天。"

他还笑着调侃："越来越矫情了哦，那晚点联系。"

我心知肚明，"晚点联系"就是"等有空再联系"，但顾潮生又怎么会常常都有空呢。

有时候我也会问自己，每一次，如果我能稍微示弱，如果我能让他看到我更多的软弱，我们之间，是否就会有机会？

会有那么一刻吗，我令他想要保护我？

但我却总在心疼他，在他面前，我只会想要逞强。我不想成为他的麻烦。

很多年后，我才懂一个道理。

喜欢一个人，不是纵容他来麻烦你，而是你要麻烦他，才有可能让他喜欢上你。

可这样的道理，我为什么是在已经彻底失去了和顾潮生的任何可能，才学会？

我一个人发了会儿呆，深知林航此时此刻不可能凭空出现在我面前，而他正值事业起步初期，我也不想打扰他。

刚打扰过顾潮生，我不想第二次被拒绝了。

我在手机通讯录里翻来翻去，最后还是拨通了徐南的电话。

他接得很快，听到我的声音显然很意外，话语里似乎有些担心："温澜，你怎么了？是不是出什么事了？"

我就好像那个本来自己摔倒都没有哭，被人摸摸头就瞬间掉眼泪的小孩，徐南的话给我了一个宣泄口，我刚才还一直忍住的眼泪，瞬间汹涌滑落。

因为一边在哭，所以我说得断断续续："徐南，我知道人生要为自己的选择负责。但是，我还是不知道以后我该怎么办……"

他听出我情绪崩溃，听筒那边已经有起身的动静："我现在来找你吧，你等着，我去找你。"

"不用了，"我一听他要穿越整个城市来找我，又觉得实在不好意思，"你就听我哭一会儿就行了，我待会儿就会好的。"

"那怎么行？"徐南说完，电话被他直接挂断了。

我立刻明白他这就要不由分说出发来找我了，忙不迭又拨过去："真的不用了，我是说真的，不用。"

他忽然安静下来，沉默五秒，又不放心地问："那你一个人可以吗？"

我本来已经不哭了，被他一问，眼泪又止不住掉下来。我吸了吸鼻子，妥协地说："那我能去找你吗？会不会很打扰你？"

挂断电话，我才忽然意识到，我曾经一度希望可以是某人的随传随到，其实我的身旁，也一直有人在为我随传随到。

我忽然想去找徐南，其实不是因为这一刻的我太脆弱，需要他的陪伴和安慰，而是在那通电话里，我感觉到了他试图想要带给我的关怀。

他在担心我。

我们之间，这么多年，可以说我从来没给过他什么，甚至和他短暂的恋爱关系，也很快就被我狠下心终结。

而这一次，我只是想要再见他一面。

我想去看看他，看看他现在的学习和生活是什么样子的，看看那个始终在为我守候的存在。

因为，只有我知道，往后，这样的他，这样的我们，再不会有了。

我辗转换乘了三趟公交，再转巴士，抵达徐南的学校时，已经是晚上七点多。天色暗了，他带我去甜品店，帮我点了我爱吃的榴莲班戟。我低头吃东西，也不怎么说话。他就在一边不停地找话题，努力逗我笑。

甜点吃到一半，徐南接了个电话，听起来对方应该是个女孩子，因为他的语气很温柔。我试探问道："女朋友？"

他摆摆手："怎么可能……"

"怎么不可能。"我挖了一口班戟，假装不经意地调侃他，忽然灵光一闪，问他，"是不是之前送你 T 恤那个女孩子？"

他一怔，还没顾得上回答，眼神已经将他出卖。

我笑着停下手里的动作，托腮看着他："你怎么不考虑看看啊？"

徐南表情有点无奈，略显不自在地答道："如果喜欢的话早就喜欢了，也不会等到现在，你说呢？"

说完这句，他好像也意识到什么。我猜他是想到和我之间，如果我喜欢他，也不会等到现在。

他说得对。

但我呢，我喜欢顾潮生，却怎么也不愿意承认，如果他喜欢的是我，更是不会等到现在。

我不想再继续这个话题，于是站起来说："要不你带我在你们学校走走吧。"

傍晚的风轻轻吹过。

徐南带我在他们学校外的湖边转了一圈，堤坝上有点凉，他做了个准备脱外套的动作，我连忙阻止："不用了。"

他的手尴尬地停在半空，笑笑说："你还是这样。"

"我怎样？"

"就像现在这样，"他望着我，"拒绝我。"

空气有一瞬的凝固。

"徐南，谢谢你。"我小声说。

他把脸别到一旁，目光落在波光粼粼的湖面上："你这算是颁好人卡给我了？"

那一刻，他落寞的眼神让我有些不知所措。

湖边有个空着的秋千，我慢慢走过去坐下。

徐南说："我推你吧。"

我仍然摆摆手："不用。"

他就站在我身后，掏出手机摁了几下，轻声问："你还记得这首歌吗？"

"是你以前的手机铃音。每次我给你打电话，听到的彩铃都是这首歌。后来我就下载下来了，每天都听，就好像我在给你打电话一样。"他说到这，忽然笑了，"只不过，你从来都不接。"

然后是良久的沉默。我感觉得到他转了个身，背对着我。

"其实我知道我们没可能的。"

我脊背一僵。

夜晚的风真凉啊。

最后，是我从秋千架上起身，走到他身旁，轻轻碰他一下，我说："其实我给你写了个故事。"

他眼神忽然闪现一丝惊喜："真的吗？"

"嗯，市面上已经能买到了。但是我不是想让你去看才写的，只是因为想到你了，所以就写了。"

"在哪能买到？"他问。

"我不准备告诉你，也没打算拿给你看。只不过，我想告诉你，我

184

给你写了个故事，因为我已经知道我们的结局了。"

是那个故事的结局。

他没有说话。

"我今天来，其实是想要跟你说再见的。"我终于把这句话说了出来，"以后我不会再联系你了，你也不要再找我。因为我不想让你再有任何希望，更不想看到你失望。对不起，我更不想骗你。"

夜色之下，他的发丝被风吹得轻颤，我伸手拍拍他的肩。

"那我先回去了。"我说着起身往回去的方向走。

他慌忙伸手将我拉住："很晚了，没有车了，我帮你找个同学的寝室住，明天一早走不行吗？"

"我打车回去就行了。"我冲他笑。

然后，我感觉到他手心的力度渐缓，他慢慢地松开了我。

那是我最后一次见他。

后来的许多年里，每一年我的生日，他都会在 QQ 上给我发送好友申请，然后在验证信息里输入"生日快乐"。

之所以这样，是因为我从来没有同意添加好友。

其实我可以自私一点的，但我做不到。我相信因果循环，报应不爽。未来，他一定也会遇到一个女孩子，他会视她如珠如宝，她会希望他可以依赖。

届时，她一定不会希望，他还在每年每年地，给我发送生日祝福。

终于有一年，我没有再收到徐南的消息。

我想，他找到了。

第十章

我越是害怕失去你

在梦里

我便失去你千千万万次

我去了一次成都，见到林航的时候，他给我一个大大的拥抱。我隔着这个拥抱，看到了顾潮生说他想来的地方。

世人谓我恋长安，其实只恋长安某。我想来成都，身边的人都以为我是来找林航，其实我只想看看这座城市，回去以后可以骄傲地告诉顾潮生：你看吧，我比你还先去，是不是很羡慕！

从成都回来，我收到顾潮生的短信，解释了上次在忙学校会演，所以没来得及回复我的事情，然后忽然很大方，说要请我看电影。

我刚要表示惊讶，便见他补充：傅湘也一起去，她想看《风声》。

哼，原来如此！我傲娇地回复他：看就看！

周末下着小雨，顾潮生买了一桶爆米花和三瓶水，递给我一瓶，我们一起进了电影院。那是我唯一一次和他一起看电影，我坐在傅湘旁边，和他隔着一个人的距离。

我想，这莫不就是我们永远的距离了吧？

就算是再好的朋友，又怎么样呢？

我到底有太多不能陪他一起去做的事情。

散场后，傅湘提议反正时间还早，不如一起去逛街。她说着已经一路兴奋地跑在前面，顾潮生跟在她身后。我看他一路问她，要不要吃这个，要不要买那个，然后又有点担心我嫌弃，偶尔回过头冲我不好意思地笑笑。

从那样的笑容里，我看到的分明是他对傅湘的无限宠溺。

随着顾潮生手里的大包小包逐渐增多，而买单的一直也是他，我终于不解地偷偷八卦："她买这么多东西，你们都是学生呢，哪儿来的钱啊？"

顾潮生一副"终于有人懂我的不容易了"的表情，开始跟我诉苦："是啊！我做兼职的工资全部被她用到月光，你看她竟然还没有买够！澜澜，你快救我……你帮我摆平她！"

他手舞足蹈的样子，却又有几分可爱。

傅湘似乎感应到我们在聊她，迅速回归阵营，踮起脚拍了拍他头顶，然后露出一个心满意足的笑容："我想吃辣翅！"

顾潮生故意做出"终于得救了"的样子，朝我眨眨眼睛。

很快我知道了，傅湘口中的辣翅可不是我们平常吃的那种"香辣鸡翅"，也不知道她是怎么发现这家店的，辣翅上桌后，我只是凑过去闻了闻，就觉得整个人都不好了。

"澜澜你待会儿尝尝，这家味道很特别的。"顾潮生试图给我推荐。

我此刻还保有一丝清醒：他和傅湘是一伙的，他们想害我！

但鬼使神差地，我居然拒绝不了顾潮生的演技。

当他把那串滋滋滋冒着红油的辣翅塞到我手里，傅湘一唱一和地在旁边激动地怂恿："温澜你一定要尝！你只要吃一口就会感觉很不一样，相信我，你会从此欲罢不能！真的，超过瘾！"

顾潮生似乎也被气氛感染到，他对我已经没有了一丝丝怜悯："你先咬一小口试试好不好？"

我欲哭无泪："你别忘了你有胃病……你别忘了我也有胃病……"

今时今日的顾潮生根本就是魔鬼！他完全忽略我的挣扎，忽然使出杀手锏："我钱都给了！那你吃不吃嘛！"

我一凛，壮着胆子张开嘴，咬了一点点……

果然辣哭了！我眼泪不要钱似的流，同时开始疯狂往嘴里灌白开水。顾潮生在旁边笑得前仰后合，他告诉了我一个残酷的真相："哈哈哈哈哈！你吃的是猛辣的，哈哈哈哈哈……微辣的在我这儿！"

我："……"

从店里出来已经很晚了，傅湘看了看时间，体贴地问我："太晚了，温澜你打车回去又那么远，好贵的，要不你到我们那儿住一晚？"

顾潮生也看着我，倒是半天都没有接话。

傅湘亲昵地拉我的胳膊："没关系的，我们租的房子有两间，住得下。"

我当时的表情应该很尴尬吧，虽然我已经很努力地掩饰了。

拗不过她的热情，我只好趁他们不注意迅速给室友发了条短信，让她打电话来，假装催我回去。

这样，傅湘才依依不舍地放开我，说："那好吧，你路上小心哦。"

我拦了辆车，坐上去。关车门的刹那，我看到傅湘温柔地挽住了顾潮生的胳膊，两个人背对我，一步一步走向模糊的夜色。

他们的背影那么美好，美好到让我羡慕，让我不忍去妒忌。

而傅湘，面对她的真诚不设防，我更加无法面对自己那颗蠢蠢欲动的心。

回去的路上，我接到林航的电话，他问我怎么这么晚还没有到家。我解释说陪朋友逛街，一不小心就晚了。

他又问我："你看《风声》了吗？我这个星期回去，陪你去看吧。"

我心里闪过一丝愧疚，但又心虚地不敢对他说实话。

最后我避重就轻："好啊，那我等你回来吧。"

那次，林航却没有在他说的时间出现。

他因为工作临时变动，很长一段时间没有回长沙。

倒是有次回家，妈妈拿我的手机翻阅相册里我的照片，刚好林航发来短信，手机一响，我妈："谈恋爱了？"

我点点头："是啊。"随即骄傲地找出林航的照片给她看，"怎么样，你女儿眼光不错吧？"

"是不错。"我妈当时表情特满意。

那一刻我忽然想起很多年以前，她对我说过的"千万不要找顾潮生这样的男朋友啊"。

这么多年过去，我那刻不服气的心显然还没放下。

我忍不住主动挑起话题："妈，你听说顾潮生现在怎么样了吗？"

她不在意地继续翻着手机，顺口说："他现在不是还可以吗，听说还没毕业就能赚钱给家里，家属院里好多人夸他呢。"

"对啊，你当初还那么看不起他！"我找准机会，见缝插针，内心有一丝不易察觉的得意。

"不是看不起他。"她说到这里犹豫了一下，可能觉得我也长大了，很多话可以直接讲了，便接着说道，"只不过他家里毕竟有个常年不能自理的老人，也没其他经济来源，这样家庭的小孩都很努力，只是苦也好累也好，都得自己背。你们那时候走得近，妈妈是不想你以后吃苦。"

我眼眶猛地一酸，假装去厨房倒水喝，才没有被她看穿。

这是我第一次从妈妈口中听到对你的褒奖，原来她并不是不喜欢你。而我，知道这些后，却只是觉得更加心疼你。

顾潮生，其实我很想告诉她，我不怕吃苦啊。

我长大了，如果能和你在一起，这些我不怕。可惜啊，我太幼稚，为了我的骄傲，我说过太多太多口是心非的话。

在每一次，有人跟我打探你的时候。

在每一次，我不愿在别人面前夸你的时候。

在每一次，我故意想要证明你也没有那么好，我不会爱慕你的时候。

在每一次这样的时候，我不曾想到，那些曾带给你伤害的流言蜚语，有一天，源头会是我。

它们被贴上我的标签，从我嘴里传出去。

傅湘比顾潮生早一年毕业。

她毕业后，顾潮生用兼职赚的钱，和她家里一起帮忙凑了点，帮她盘了一家店面。选址的时候顾潮生喊我陪他去过几次，一条街一条街地走，考察人流量，跟老板商定价格，方方面面都需要考虑周全。而他没有喊过一句累，始终温柔耐心。

我那时候想，被他喜欢真好。

再后来，就只是偶然刷到他的微博动态更新了。

他和傅湘一起去外地拿货，一有空便帮她一起打理店铺，好不容易空下来，要忙着补觉。

我们见面的机会越来越少。

直到国庆假期，我中午收到顾潮生的短信：出来？

我立刻明白他也在家，回了个"好"，然后飞快地换身衣服出门，等在老地方。

看他远远地从小巷尽头出现，朝我走来时，我忽然好想也能有一个常常陪我散步的男朋友啊。

不是吃饭、约会、看电影，也不是逛街、喝咖啡、吃甜品。我不用他记得每一个节日，不用他特地送花、挑礼物给我。

我只想和他相依相伴，走过人潮拥挤的街，经过偶尔荒凉的夜。一整座城市留下我们的脚印，从初春到盛夏，穿过晚秋，直抵隆冬。

顾潮生过来跟我打招呼，笑着说："嘿！"

我看他一眼，便挨过去，换上和他相似的步伐，往城市的中心慢慢走去。

路上他说，大三快实习了，他投了份简历去北京，但不知道能不能被录取。

我毫不犹豫给他鼓劲："肯定可以的，你要相信我的金口'预'言！"

他勉强笑笑，神情却有些落寞。

"但她不希望我去。"他说。

我立刻明白了他的意思，傅湘不想，所以他才这么犹豫。

"可是，北京的公司不是你的梦想吗？"

"嗯，反正就是我一直想去的地方。"他坚定地回答，但表情很快又变得迷离，"其实我想听听你的意见，你觉得我应该为她留下吗？"

我当时正低着头，盯着自己的脚尖发呆。听到他的问题，我几乎只犹豫了一秒。

然后我给出了大概是我所有给过他的建议里，最不磊落的答案。

"那你的梦想呢？"我再清楚不过他心里偏向的。但他既然来问我，一定也是真的决定不了，希望得到理性的建议。我不知道，如果当时我劝他留下，后来的一切会不会就不再发生，他和她的结局，又会有什么样的变化。但当时的我想不到那么远。

我只是继续说："如果你以后会后悔，到时候你也会怪她。"

这句话大概戳到了他，他很快点点头："我也是这么担心的。"

"其实为什么你会觉得,去了北京就要面临分手? "我试图鼓励他,"如果她相信你,就不会啊。"

"嗯,我也和她这么说过。"顾潮生在一家奶茶店的门口停下,帮我要了杯奶茶,温热的气息传到手心,一下子好温暖。

虽然正在聊着和别的女生有关的话题,我还是忍不住觉得,和他待在一起,哪怕只是打发时间,都好幸福。

即便他收到世界争相送来的捧花,在我心里,他却始终是那个只要自己最爱那朵的小小少年。

他就静静地站在道路的尽头等我,朝我轻轻微笑,就好像清空了我世界所有的阴霾,通透了整片蓝天。

"其实她也可以和你一起去啊。"我抿了一口奶茶,有点烫。

顾潮生摇摇头:"也许以后会吧,但现在,毕竟我连自己的工作都没太大把握。我不知道我去了之后,多久才可以让她也过去,但我知道这段时间不会太快,而且,她一直说不放心。"

"我不太明白,她不放心什么? "站在顾潮生的角度,我只会觉得,明明他已经把自己所有能给的,都给了她。我不是不明白,这只是傅湘在乎他的表现,可我还是更为他心疼。"你明明对她这么好。"

顾潮生看看我,欲言又止:"其实,我也不太确定。"

很久后,我看到过一句话:就算沼泽荒地也好,最美的,不过是你心甘情愿停留的地方。人一旦有了贪念,就已经开始失去了。

那时我才明白,他的不确定,原来并非对别人,而是源自内心深处,那个对未知毫无把握的自己。

2010 年 3 月 22 日,晚上十点,我按掉顾潮生第三十个来电。

他一直打,我一直不肯接,他发来无数零零碎碎的短信,内容几乎全部都是: 接电话, 你接电话, 你接电话说, 你接电话我帮你解释, 我替你解释, 有什么事情说不清, 你怎么这样! 你放弃我! 我们这么多年了, 你有什么说不清! 我恨你! 接! 接接接!

十二点半, 手机终于不响了。

黑夜无边, 我安静坐在一个人的小房间, 害怕地抱紧自己。

我担心下一秒手机又会再响起, 又那么舍不得, 害怕顾潮生永远不再让我知道他的消息。

十点之前, 是我给他发过去的短信。

言简意赅, 我说: 以后别联系了, 我怕我男朋友生气。

这条内容显示"发送成功"时, 我感觉自己握着手机的手都在颤抖。

那时候我还欺骗自己, 宽慰自己, 告诉自己说: 顾潮生看到最多笑着跟傅湘吐槽我几句, 他都有女朋友陪了, 何况我们现在这样不远不近的关系, 他还会需要我吗?

一定是不再需要了啊。

人生还那么长, 可是我已经没有陪他继续走下去的身份。

林航不过是导火索, 我既害怕他猜透我对顾潮生的恋慕, 也害怕自己继续这样偷偷摸摸地喜欢着他, 迟早有一天, 我会疯。

手机响个不停。

顾潮生回复问我为什么, 而我没有再解释。我不想解释, 更不知道怎么解释给他听。

告诉他我爱他, 告诉他我爱了他十四年, 告诉他如果我继续爱下去我会疯, 会死, 告诉他我永远得不到他, 我不想再纵容自己见到他就心动不已, 更不想纵容自己为他一滴眼泪就心痛到快要窒息?

几个小时前, 我接到林航的电话。他质问我, 为什么在我空间看到更新照片，竟然有人留言，问我怎么还不跟顾潮生在一起。

"顾潮生是谁？"他问。

我原本可以撒谎，想个理由蒙混过去。

其实我能猜到，依照林航的性格，知道我和顾潮生之间十四年的友情，而我从来没跟他提起过半个字，他不可能不怀疑。

我们大吵一架，最后他赌气要求，我必须和顾潮生断掉一切联系，否则就是我和他从此分手，不再联系。

我也可以不答应的，我甚至可以怪他无理取闹。

但我没有。

我生怕被人洞悉，我那份藏了十四年的心意。

我说："好，我这就去。"

假装不在乎一个人而已，我做到了。

说完，我开始删顾潮生的所有联系方式，电话、QQ、人人……甚至包括微博关注都一并果决地取消。

我拼命勒令自己，不再去管那部响个不停的手机。

五年，这之后的五年，我逼迫自己不去关注他的任何消息。

五年来他的每一次生日，我都没送过祝福给他。

我对自己催眠，有的人你不需要知道他在忙什么，最近和谁一起。只要他过得还不错，你就会安心。

你无所谓是不是恰逢节日地对他说了生日快乐、春节快乐。

无数次你忍住了要去找他的冲动，而在他看来，你从未想过再次出现。

我躲了顾潮生五年。

十九年来，我从来最骄傲便是顾潮生与我之间，那段没有别的女生可以与之相较的回忆。而如今，它却被这五年空白一一吞噬，清洗干净。

　　我甚至不清楚顾潮生现在想起我的名字，听人提起我，会是怎样的表情。

　　2014 年的春节，我去看了一场电影。

　　电影院里四周安静得只剩呼吸。

　　影片中女主深爱男主十四年，十四年中她从没说破。每次他失恋，她都陪在他身边，却在最后，得知他已与别的女生定了婚期。

　　相识的第十四年，她在自己的婚礼上，哭着朝前来参加婚宴的来宾，包括同时在场的男主，袒露自己的真实心意。

　　洁白的婚纱，美丽的新娘，然而我却被台词触动得泪如雨下。

　　我，罗茜，今年三十二岁。今天，我终于把自己嫁出去了。虽然我不是小女孩儿，可是，我也幻想过，我结婚那天，是什么样的场景，我会穿什么样的婚纱，最重要的是，那个穿着礼服迎接我的人，究竟是谁。

　　有人说，你结婚的那个人，一定不是你最爱的。

　　我不信，我不信了十几年！

　　可是，我输了。

　　赵明，谢谢你对我的好，我愿意嫁给你，但是，我最爱的人不是你。

　　我爱的那个人，我们从认识到现在，十四年……

　　这十四年里，我爱了你十四年，你不可能不知道！

　　我恨我自己，我恨我为什么跟你是同学，为什么那么早认识你。我恨我为什么那么了解你，而且不能自拔！我倔强，可是我胆小；我高傲，可是我害怕我的自尊；我害怕万一你不喜欢我，我们是不是连朋友都做不了了？

我这一害怕，就是十四年！

同时，我又自信，我认为你是爱我的，你是属于我的。这一自信，又是十四年。

今天，一切都结束了，你有了你爱的人，我也要嫁人了。

可是，我就是想要一个答案，我就是想问一句，我就是想问一句，我就是想问一句！

顾潮生，我也想要一个答案，我也想问一句……

回忆像头凶猛的兽，不分轻重将我袭击得轰然倒地。

晚上回去，我再也忍不住地登录 QQ，查找到他的号码，发过去一个"打招呼"的消息。

然而，顾潮生大概没有在线吧，很久，他都没有给我任何回应。

两天以后，我才收到一个全部内容为"？"的消息。我回过去一条：你看了《前任攻略》吗？

他：没。

我盯着屏幕，觉得眼睛被光晃得好痛。一定是我把屏幕亮度调得太高了对不对？

我猜，顾潮生并不想和我说话吧。

想了半天，我最终没再回复，放下手机。

那些话，太多次都想说的，但每次又没有说。

久而久之，就再也不敢说。

每次掏出手机按下那个熟悉的号码，却不敢按下拨打键。

11 个数字而已，按一遍，删掉，又按一遍，删掉。

我在无边的黑暗里，一遍又一遍地，想起你。

再不遗余力地尝试——

将你生生忘记。

也许我应该感谢林航替我做的决定。

在过去的十四年里，我一直踌躇不定、犹豫不决的事情，总算因为他逼我，而有了一个结果。

那一晚我彻夜失眠，脑海中全是顾潮生好看的眼睛，他盯着我说"我们从小一起长大，你为什么会因为别人，而放弃我？"

凌晨五点多时，我才勉强合眼，然后做了个梦。

梦里，我后悔了。

梦里是很大的一场暴风雨，我没有撑伞地在路边一家一家找公话亭，老式的公话亭里，想要拨一通电话，需要数次转动那只生锈的号码盘。然而我急得汗流浃背，却一遍又一遍地频频拨错。

11 位数字，我总不是拨错第五就是第六位。

我试了几十次，直到精疲力竭地从惶恐中惊醒。

我才知道，顾潮生，潜意识里，我竟是如此害怕失去你。

可讽刺的是，我越是害怕失去你，在梦里，我便失去你千千万万次。

后来的五年中，这个梦一直萦绕着我，你知道吗？

五年里每一次，我梦到你，没有一次不是这样的狂风骤雨，空无一人的街，我拼命地奔跑在雨里，我找不到你。

我得不到你的消息。

我求不到你的原谅。

好不容易有一次，梦的最后，我的电话拨了过去。而你接听了，你轻声说："喂？"

我在电话这边湿了眼睛，喉咙一哑，刚要说话，而你听出是我的声音，不由分说就猛然挂断。之后，我又陷入那样可怕的轮回里——

一次又一次地把号码按错，一次，又一次。

我用了整整五年，在还你的那几十个未接来电。

这几十个未接来电，我在梦里，哭着打了五年。

每当我以为我快要好了，我就要忘记你了，这个梦境便又循环出现，让我重新陷入对你的歉疚与思念。

隔月初，我接到外地一家杂志社的邀请，于是简单收拾行李，从长沙上车。我跟林航提到去外地的事情，他生气地问我为什么仓促决定，完全没跟他商量。尔后，他又有些难过地说："怎么不来成都呢？"

我用尽所有力气，才给出了这个回答："……其实是因为，我不太想去。"

"什么意思？"他声音低沉。

顾潮生你知道吗，当时我特别害怕。

我害怕面对这个现实，我好像没有办法用尽全力地，去喜欢除你之外的任何一个人。

可我并不想这样的。

良久，我终于说："林航，我想放弃了。我可能没有那么喜欢你。"

"难道你来成都，不是想见我吗？"林航忽然问。

有那么一秒，我几乎就要脱口而出了，将那个答案。

可我不能说。

任何人都不可以知道，我的秘密。

顾潮生，你知道吗？生命里的最最舍不得，总是藏得最深，且不让人知道。

于我，这个人是你。

201

所以林航，对不起。

那个晚上我坐在热闹的小吃街一隅，有男生女生背着书包，开开心心地来吃东西。我看着他们，很想你。

后来的很多个孤单的时间，我都很想你。

但你知道我为什么不去找你吗?

因为你现在过得开心。

一直以来，只有你不开心才会来找我。但现在你有你爱的人，我不是不想继续陪着你，可我害怕打扰到你。他们说，真心喜欢的人，是没办法做朋友的。因为一旦靠近，就还是会想要拥有。

我更怕面对你时，我内心的小恶魔还会悄悄苏醒。

就像那天我对你说，支持你去北京。

我明知道那样做，会增加你跟傅湘分手的概率。

但我依然那样做了。

我讨厌这样的自己。

顾潮生去北京后不久，只打过那一个电话找我。

他面临工作压力，说他本来不想打扰我，但翻遍通讯录，却只想到我。

我猜，他大概也不想被别人听到，他哭得那么难过。

那一刻，我忽然惊叹于我在他心里的分量。

毕竟我是那个疏远他，丢下他，抛弃他的人。以他乱用成语的习惯，我都能脑补出，他会在其他朋友面前给我冠以怎样的罪名。

喜新厌旧，见异思迁，忘恩负义，重色轻友，背叛我! 这种定论肯定屡见不鲜。

想一想又觉得想笑。

也许这就是"顾潮生"这三个字的魔力，在我想起他还会心痛难当的时刻，他的脸在我的回忆里却仍然是明媚的，永远是那个爱哭爱笑爱闹的，不会长大的骄傲少年。

而他竟然在这样的情况下，还拨通了我的电话。

我知道他朋友很多，如果想找个人说话，根本不可能找不到。

但他想起的是我。

我心里最柔软的地方，就这样被他拿小刀轻轻地，慢条斯理地，一下一下地划。

那次通话断掉后，我回拨过去大哭一场，差一点就要脱口而出：我喜欢你好多年了，我从来没告诉你，我想你也不知道吧。

可是我还没组织好语言，顾潮生却说，傅湘已经买好了去北京的票，下个月就过去。

我忽然明白了，有的缘分其实是哪怕你尽情使坏，都拆不散的。

我整理好情绪："她过去做什么，想好了吗？"

"还不知道，来了再说吧。"他说，"澜澜，其实后来我想明白了。"

"什么？"

"傅湘劝过我。你不知道最开始你不理我的那段时间，我简直快疯了。我拼命打你的电话，觉得你真的好没良心，为什么你可以为了别人说不理我就绝交得那么彻底。你不想被林航知道，可以把我的手机存成别人的名字啊，你可以告诉我，我可以每次找你先跟你说个暗号，我可以假装我是你的一个女性闺密，或者你的编辑？写手也行……"顾潮生低声说，"可是你连解决的办法都不愿意想，你就那么听他的话，那么怕失去他？"

我沉默听他说话，眼泪止不住地流下。天知道他为我做的这些，我从来都不知道，这甚至是我想都不敢想的啊。我在心里求他不要再讲了，别再讲下去。我好难过。

顾潮生沉默了短短几秒，却继续说："还好傅湘劝我，说你肯定也不想这样，还说如果我是真心把你当好朋友，就应该祝福你，而不是怪你。她说得对，我是希望你开心的，所以我慢慢地才不那么生气……"

说到这里，顾潮生忽然笑了笑："傅湘说我应该怪你男友，她说得没错！都是他的错！哈哈……好啦，你不要哭了，你哭起来我都不知道要怎么办。"

我吸了吸鼻子，抽噎着说："对不起。"

"你知道吗？"顾潮生忽然想到什么似的，"我记得初中的时候，有一次，我们吵架了，第二天你红着眼睛递给我一封信，也是像现在这样，我打开信，看到上面是你写的无数个对不起。那时候我想，你对我真好。后来每一次，我只要一回想起你当时红着眼睛的表情，就再也舍不得怪你。"

我拿袖子拼命地擦眼泪，拼命拼命地擦，可是竟然怎么也擦不掉，擦不完，擦不干净。

我从来没有和这么温柔的顾潮生说过话。

我以为这样的他，只会出现在他喜欢的女生面前。

"你放心吧，我不会再打扰你们的，你一定要开心哦。你知道，长途很贵的，我现在是北漂呢，我好穷的！"他开玩笑道，"那我先挂了。"

当时的我已经不知道可以如何回应，竟然稀里糊涂地接了句："哦……"

他似乎迟疑了一下，最后，听筒那边没有了声音。

挂断电话，我终于可以把自己关在房间大哭。

我好恨我自己啊，我从来没有像这一刻这么想要挽留他，从来没有过。我甚至想，如果我能不顾一切地跑去北京找他，对他说：我喜欢你啊，我没有男朋友，我喜欢你十四年了，你能不能考虑考虑我呢，你和我试试吧……

但为什么老天爷总要捉弄我呢，为什么老天爷比我还要不怀好意？

为什么要让我知道，傅湘就要去北京了？

我无力地抱着自己。

那个懦弱的温澜又出现了。

她眼神空洞地对我说："别做梦了，乖啊。"

后来很久很久的时间里，我只要一想到要回家，都会特别紧张。

我总觉得在家，附近随时都有偶遇顾潮生的可能。可当我真从那里反复经过，却又没有一次能那么好运。

我想见到他，又害怕碰上他。

那种感受就像在玩海盗船，每次被高高弹起，都惊恐地担心下坠的瞬间失重。

而每一次落到底，又开始期待重新升上高空。

期待的同时，狠狠否定着自己的期许。

直到一年后的寒假，妈妈带我出门，路上非要喊我拿手机替她拍几张照。我给她拍完后，她又坚持要让我也站在那儿，她替我拍。

我听到手机咔嚓一响，松了一口气，走过去想要看看拍得怎么样。

看到照片的一刹那，我整个人呆若木鸡。

我没有想到，那张唯一的照片里，竟然不只有我，还有远远地正从街口和家人一起走来的顾潮生。我惊讶地抬头张望，而这时他已经不知何时站到我面前。

205

那一刻，我拼命抓着自己的手心。

我担心他不理我，直接就走过去；又担心他对我客套，流露出我最不敢面对的疏离。

一年没见，他还是老样子，笑起来眼睛就会变得弯弯的。而我望着他，千言万语如鲠在喉，想开口，却不知该怎么说出第一句话。

好在，他先一点儿不客气地对我绽开一个笑容："骗子！"

就是这个笑容，已经将我整个季节的悲伤融化。

"我骗你什么啦！"

"你知道！"

他看到我妈妈也在旁边，伸手就拉着她，上演他的拿手好戏。

"阿姨，你不知道温澜有多坏，她好久都不联系我了。阿姨你看我们认识这么多年了，这么好的朋友，她竟然不联系我了……"

我妈当时大概也比较惊讶，还没能消化他突然的热情，只是有点局促地答了句："她怎么不联系你啦？是不是你打她电话，她正好手机没电呀？"

顾潮生一愣，立刻哈哈大笑，说："阿姨啊，你和温澜一样，你们太坏了！"

说完他白我一眼，凶巴巴地喊："绝交！永远绝交！别看着我！你以为看着我我就会原谅你吗？等你和那个谁分手，你少来跟我哭！"

"阿姨，你知道温澜谈了个男朋友吧，我跟你说，她就是为了那个男生不联系我的！你一定要教教她，不要这么重色轻友……"

这样他都还不解恨，又冲身旁他的妈妈使眼色，指着我，表情十分别扭地说："妈妈我上次和你说过吧！她以后打电话来家里找我，你千万不要接！她现在啊，为了她那个什么男朋友，这样对我……妈妈我以后再也不相信友情了……"

我又好气又好笑。

下一秒，顾潮生就换上一副特别诚恳的表情，跟我妈寒暄道："好啦，阿姨新年快乐。我跟你们开玩笑呢。"他顺手打开刚从超市拎回来的装了一堆零食的袋子，"阿姨想吃哪个？随便选！"

我妈上一秒摆摆手说"谢谢不用了"，他下一秒掏出两个橘子塞给我，说："这个好吃，给你。"

我几乎全程沉浸在和他意外重逢的氛围里，还没来得及给出任何回应，他已经露出了特别礼貌的笑，最后说："阿姨我还有事，那我先走了哦，拜拜。"

我扭过头，有点不自然地跟他挥手："……拜拜。"

他回头的那个表情，客套又疏离，陌生又熟悉，就那么定格般卡在了我的记忆。

分别后，我妈问我："你竟然谈了男朋友，没跟我和你爸说？"

我连忙解释："没有，别听他瞎说！"

"他说得有鼻子有眼的，怎么就是瞎说了？"我妈算是找准重点了。

逼不得已，我只好拿出蛮横无理那一套来应付："分了分了分了！已经分了你就别问了！"

好不容易摆平她，我忍不住掏出了手机，凭借记忆，默背出了顾潮生的号码。

爱过一个人以后，你就再也忘不掉他的QQ，他的生日，他的星座、生肖、血型，还有他的电话号码。

我斟酌半天，给他发过去一条信息：你还好吗？

我承认，没见面时，我逼自己拒绝一切他的消息，努力不打听也不搜寻。可这一切坚持，在再次见到他的这一刻，已经土崩瓦解。

我想知道他还好不好。

我担心他像上次那样，孤单的时候，想找个人说话。

他回复得很快：好。

我看到手机屏幕上那个单薄的字眼，甚至不带任何标点，再也控制不住的情绪冲破防线。

想到上次回来，还听到我爸说，在路上碰到了顾潮生，他都没有跟我爸打招呼，再联想起他刚才冲他妈妈所说的话，我抑制不住地特别伤心。

以前我曾一度觉得骄傲的，就是那份与他家人都亲近的联系。但是这份亲近，就在刚才，突然就被他亲手连根拔起。我知道顾潮生是在故意气我，但我想告诉他，他赢了。

我揉了下眼睛，企图将不小心流下的眼泪掩饰过去。

我妈却火眼金睛："你怎么搞的，哭什么？"

"哦……"我想了想，很快找到一个适合的理由，"谁让你没事提什么我前男友！"

她一怔，然后很快消化了这个事实，目光变得温柔。

"这有什么，年轻的时候不懂爱情很正常，爱过一个人就明白了，也就那么回事。哭过了，很快就好了。"妈妈非常豁达地安慰我。

我忍不住回头，不经意地看了看顾潮生离开的方向。

很快会好的，我一定会放下你的，相信我。

总有一天，我会真的若无其事，见到你时，不再波澜四起。

第十一章

往后的时光每当有感叹
总想起
当天的星光

这条短信过后，第二天，我去参加了初中的同学会。

因为到得比较早，我席间一直忐忑，不知道顾潮生会不会来。也不断有其他女生提到他的名字，有人说他答应要来，也有人说，他说的是"不一定来不来"。

我印象中的顾潮生其实基本没参加过同学会，每次我组织大家时，他都是特别爽快地拒绝。理由五花八门，但究其真相，无外乎是不想看到一些已经不愿再见的人。

所以这次，我也预感他不会来。并且似乎为了证明自己的推测，我把这个观念不断灌输给身边其他人。

我调侃说，你们看吧，他那个傲娇鬼，肯定最后又放大家的鸽子啦。

大家对我的推测深信不疑，因为在他们眼里，我简直可以说是顾潮生的"代言人"，对他的行踪了如指掌。而我，我本来可以否认，也可以说清楚我们已经一两年没有联系。

我却故意没有说。

我不愿意承认，现在我已经不再是最了解他的那个。只要顾潮生没有来，我就还可以继续伪装。

我从来都不想和他撇清干系。

没想到他真的来了。

包间门被推开，我们一群人围着一个圆桌而坐，我刚好面对着门，而他慢条斯理走进来，嘴里说着"好久不见"，顺手拉开一张我正对面的椅子坐下。

那个动作里，我始终眼睛都没眨地盯着他看。

似乎害怕错过机会，少看他一眼，以后就又要看不到。

顾潮生坐下后扫视全局，眼光落到我这儿时，还是停了一下，露出一个似笑非笑的表情："嘿！你！"

我有点吃力地扯了扯嘴角，抱歉一笑。

心里虽然很挣扎，想靠近他，和他说话，身体却被动地钉在原地。

这么久没见，以他的性格，恐怕不会一下子原谅我的心狠吧。

包括那次在电话里，他说了那么多低声下气的话，还说让我把他的号码存成别的女孩的名字，我竟然都没有妥协，亦不曾挽留他。

他一定特别失望。

但这场饭局于我来说，却有了一些微妙的不一样。以前，不论去哪里，我总是跟在他身旁，却从来不敢迎上他的目光。

我从没试过毫不避忌地看他。

而这天，我的目光却全程都不曾离开他。

看他夹菜，看他喝酒，看他和别人谈笑风生。

我们之间，却始终隔着一张圆桌的距离。

整个过程中，他只对我说了一句话。

当时上了一盘土豆丝，我伸手去夹，他忽然替我转了一下转盘："你是要这个吗？"

我惊喜地用力点头，看向他，满以为他会再说什么。或者说，我是在期待他说点什么。但他仍然像进门时那样轻轻牵动嘴角，我听到的，却只是一声轻飘飘的"呵"。

我想，我永远都忘不了那样的口吻。

带着点无奈，又掺杂些伤感与纵容的"呵"。

聚餐过后大家一起去唱歌，他没有参加，大概因为春节期间，他还要去亲戚家转转。而我留下，在 KTV 里一首接一首地点歌，和几个女生一起大合唱《后来》：你都如何回忆我，带着笑或是很沉默，这些年来，有没有人能让你不寂寞……

我唱得号啕大哭，不管不顾地跟人拼酒，最后喝得晕头转向地回家。

隔天清早从睡梦中醒来，我便再也控制不了心中的魔鬼。如果说旧爱是阴魂不散的鬼，那么顾潮生，他一定是我心里情根深种的魔鬼。

我挑了件大棉袄罩上，用帽子围巾把自己牢牢包裹起来。其实那天没有那么冷，但我却特别紧张害怕。好像只有这样牢牢把自己裹起来，我才能稍微安心。

出门后，我直奔顾潮生家的那条小路。

一直到了他家门口，我才给他发的短信：我就在你们家马路对面等你，你能不能出来一下？

信息一发出去，我就紧张得不能呼吸，握着手机的手拼命颤抖。直到顾潮生穿得像个包子一样探出头来，说："你等我一下。"我这才松了一口气。

其实，那是这么多年来唯一的一次，我去他家附近等他。

以前的无数个清晨与黄昏，都是他在等我。

那天我们破天荒没有走从前常走的那条路，而是顺着反方向，不紧不慢地散步。他的开场白有点儿冷冰冰，他说："你还来找我干吗？"

我不自然地笑了笑，没有说话。

其实我想告诉他，我想他了。

但这样的话，十五年了都没有说破，此时此刻又怎么可能说得出口呢。

我数十年如一日地做着胆小鬼。

反方向的那条路很长，我们走了很久，直到中午太阳出来，渐渐地，天气温暖起来。顾潮生忽然说："你知道吗，我觉得和她现在感情变得很淡。"

我一愣："怎么了？"

他说这句话的时候，我才终于可以确定，他没有再跟我赌气，而是可以像以前一样，放心地和我说说话了。

那一刻我好开心。

"可能也不是变淡，就是像亲情那样吧，偶尔回到住的地方，一起看看书、上上网，两个人一起看电视，但却不太想交谈，没什么可以说的话。"顾潮生边走边说。

我刚想说，那是因为你面对的不是我啊，如果换了是我，我们一定有说不完的话。

其实这一句，本来我也能以开玩笑的口气说出来，但我就是胆小啊，我怕顾潮生也听过那句话：所有玩笑都有认真的成分。

正想着，顾潮生又补充："下午她要来找我呢。"

我这才后知后觉地明白，原来，他也只是抱怨一下。

看看时间，将近十二点。

不知为什么，那天我总不想像以前一样识趣，我不想再提前退场。

总觉得，一旦我们这次道别，好像，就会见不到他了一样。

"那我请你们吃饭吧，你把她也叫上，她喜欢吃什么？就当做我跟你赔罪好了。"

"她最近特别爱吃一家过桥米线，你吃过吗？"顾潮生笑笑，"我带你去吃吧。"

听他这么说，我高兴之余又忍不住有点难过。

高兴是因为，他愿意带我一起去吃好吃的。

难过是因为，羡慕他始终记得她的喜好。

这时候，顾潮生冷不防问我："你那个什么男朋友……你们怎么样啊，还好吗？"

我"嗯"一声，实在想不出更适合的回答。

他果然又傲娇起来："真有这么好？我看也不见得吧……还这么小气。"

我不自然地笑了笑，扯开话题："快点给傅湘打个电话啦，喊她出来！"

傅湘来了之后，气氛一下子活跃起来。

倒不是因为她话多，而是每当有她在场，我和顾潮生的话题就不自觉变得客套，不再走心。

尤其是当她吃完碗里的米线，然后再自然不过地仰起脸问他："你的能吃完吗？"说完也不管顾潮生的回答，自顾自就伸出筷子和叉子开始往自己碗里拨。

我笑着说："秀恩爱！"

她却眼皮也不抬："你也可以把你男朋友喊来，我们一起吃啊。说起来我们还没见过你男朋友呢。"

一句话让我瞬间尴尬住。

还好顾潮生习惯了我的慢半拍，以往这种时候都是他自然地帮我打圆场。

可我没想到，这次他竟然也不帮我了！

"对啊，我也有点好奇呢，有照片没？看看！"顾潮生说着，眼看就要熟门熟路地伸手翻我的手机。

我警惕地飞快往后一缩，把手机朝包里扔去："想多了！不给你们看！"

从店里出来，我忽然舍不得走。

即使这样的情况下，在场的是三个人，我仍然舍不得和他说再见。

因为我不确定，以后，我们还会不会再见面。

也许，我不确定的不再是顾潮生，而是我自己。我告诫自己，不可以一直这样优柔寡断。

再舍不得的人，也要舍。

再不愿离开的少年，也早已是别人的少年。

下午，我们一起去看了初中时的班主任。

顾潮生曾经说，那时候如果不是她，换了其他任何一位老师指责他，他都不可能会哭，毕竟她在此之前从来对他赞赏有加。正因如此，他才不能接受竟然让喜欢自己的人失望。

路上我尝试找话题："她应该很久没见你了吧，见到你一定会很惊喜！"

他微微有些伤感："其实我很久没去看她，是因为我一直觉得自己还不够好。没有考上最好的学校，也没有一张拿得出手的成绩单。所以我一直躲着不见她，甚至教师节都没发过一句节日快乐给她。但现在，我觉得，我总算没有让她失望。"

216

他说着偏过头来看我，我笑着附和。我不知道他能不能读懂我眼里的懂得。

在老师家里不知不觉便坐到了晚上，出来时夜空中已经有了星星。顾潮生问我："打车吗？"

"还是不了吧。"我说。

那是我最后一次陪他走长长长长的路回家。

那样幽暗的星空，看似没有尽头的长路，熙熙攘攘的人群，以及顾潮生瘦削的侧脸，在往后的几年空白时光中，再也没有过。

走到拐过去就是我家的那个巷口时，我第一次主动提出："我送你回去吧。"

顾潮生惊讶地看着我："你竟然这么好？真是良心发现！"

那一刻我忽然意识到，其实以前每次都是顾潮生送我到家门口，然后再一个人回家呢。

这样想想，竟然没来由地觉得好幸福。

我嘴上却不承认，只是沉默地继续一路往前走。

那一段路，晚上没有路灯。我们两个借着手机微弱的光，一直走了很久。到拐角的地方，顾潮生才开口说："你还是先回去吧，再往前走实在太黑了，不安全。"

我听话地点点头，没有再坚持，转过身去。

但刚背过身，我就哭了。

我小心翼翼，生怕顾潮生发现。

因为我清清楚楚地知道，如果说一年前我决定放弃他，还是一时冲动，那么这一刻，我是真的已经下定决心，想要真真正正地，彻底走出他的生命。

即使往后时光，我心知自己只能耗尽力气，对抗突袭来的回忆都是场战役。

　　我背对着他，在心底轻声地说，再见了，顾潮生。

　　再见了，希望你和你喜欢的人，永远都会快乐。

　　希望她永远不会离开你。希望你们彼此拥有，直至双双老去。

　　但，只求你不要再出现在我的生命。

　　我不怕黑，我一个人也可以穿过黑夜寂寥，你相不相信？

第十二章

成千上万个门口
总有一个人要先走

五年里，我每隔一段时间，就会去刷新一下顾潮生的微博。

前两年他还常常更新，而我从没给他留言过。再后来他更新得越来越少，直到腾讯推出微信，他发了个微信号在微博上，欢快地表示：从今往后我要转战微信啦。

我盯着那个消息很久很久，仿佛上天为我下了这个决定。终于，我连想偷偷关心他的生活，也没有了契机。

没有顾潮生消息的日子里，时间似乎换了一种计量方式，飞速向前。

时间会改变一切吧，它将教会我如何忘记。

如果，没有那场意外的话。

三月初的长沙，人心惶惶。

城北出现了持刀凶徒，在路边魔障般见人就砍，十分钟不到，消息已经在朋友圈、QQ 群疯转，口口相传，描述得十分血腥可怕。

而我没有想到，自己竟是这个事故的当事人。

当歹徒不管不顾朝我这边猛冲而来时，我却在一片慌乱之中，被身旁逃窜的人不小心撞倒在地。我顾不得他想，当即吓得双眼紧闭，在地上认命地装尸体，完全不敢呼吸。

后来的整个过程，混乱不堪。到处充斥着此起彼伏的尖叫声，夺命狂奔的脚步声，甚至还有人从我身上径直踩踏而过，我痛得一震，却不敢发出一声轻呼。

不知道过了多久，耳畔终于响起警笛声，平时的刺耳在那刻竟感人的动听。四周弥漫着令人窒息的血腥味儿，依稀感觉有医护人员将我抬上担架，我全程害怕又抗拒睁眼。直到良久以后，才有人温柔地安抚我说："没事了，你动一下，看看哪里痛？我帮你检查一下。"

我很慢很慢地，呼出一口气并睁开双眼。

我想起身，却不受控制地掉下担架。

这一刻，我忽然想起那句话：我不怕死，却因为有你，而有了贪生的念头。

顾潮生，我想到他。

我的脑海全部都是他。年少时光尽数扑面袭来，我避无可避，更无法再欺骗自己。

一想到，如果这场意外让我停止了呼吸，从此，我深爱的人，与这一整个世界，都没人再知道我极力掩藏的秘密，我后悔了。

从来没有一个时刻，让我像现在这样后悔，后悔我为什么要在十九年间，都固执地守口如瓶。

我后悔我浪费了这五年。

或者，更甚，我们之间，我主动错失的，又何止是这五年。

一直以来，我勒令自己不要爱上他。

我欺骗自己，我也可以从容走进别人的爱情。

曾以为独占是爱，热情是爱，冲动是爱，盲目是爱。

但这些一切逻辑，在面对顾潮生时，却并不成立。

虽然他心里早有别的女生，回忆被别人充斥，但这些，都不足以成为阻挠我的理由。

如果是他，我将放低我的原则。

如果是他，我将收起我的占有欲。

如果是他，无须刻意维系，这份感情我必定奉上自己全部的炙热与笃定。

我笨手笨脚地去翻包里的手机，手忙脚乱地将东西撒了一地，却顾不上一一拾起。

顾潮生，我要找到你。

即使只是亲口告诉你，这十九年来，我从不曾宣之于口的秘密。

我买了最早一班机票，飞去北京。

上飞机前一刻，我试着拨他的电话，发现已经是空号，于是辗转跟以前的老同学打听顾潮生的联系方式。

对方非常惊讶："竟然连你都没有他的电话？"

我尴尬承认："嗯，有段时间没联系了。"

"你们怎么搞的，以前关系那么好，竟然也会不联系？"对方显然有些诧异，想起什么似的，忽然又说，"上次我和顾潮生见面还聊到你呢。"

我一愣，已经过去这么久了，我以为在他的世界里，我已经毫无分量。

他却还会和别人提到我。

我眼眶一热。此时飞机就要起飞，我正好顺势避开了话题，关机。

北京。机场。

飞机落地的那一刻，我颤抖着拨通了那个号码。电话被接听的一瞬，熟悉的声音遥远而模糊地传来："喂？"

我的视线已是一片模糊。

"我来找以前同事玩。"我找了个借口，"你在哪里？我想见你。"

"分手啦？"顾潮生听出是我，好像心情很好。

仅仅只是听出他在笑，我已经被这样的氛围感染，这时候我压根不想提起别人，索性顺着他回答："对啊。"

我接着嬉皮笑脸："你来不来接我啊，我连路都不认识。"

"你找个地方坐，先等我吧。我过去挺远的，而且还没下班呢。"

"你就不能为我请个假？"我不依不饶。

"等等，你不是来找朋友？让她先去接你啊。"

顾潮生一下子找到我话里的漏洞，我反应过来，赶紧找补："那好吧，我以为你知道我来，会第一时间赶来迎接我！看来我果然想得太多啊。"

他轻声笑了下："那你找个地方等我，你先加下我微信，到时联系。"

挂断电话，我查了下线路，根据电话里顾潮生所提到他公司所在的地点，慢吞吞地开始找车站坐车，然后转地铁，再转公交。

北京真大。

最重要的是，我想到这是顾潮生生活五年的地方。

路过每一处街道，看过每一段街景，我都会忍不住猜测，他有没有在这里吃过饭，有没有在那里散步过，曾经又在哪里仰起脸看过怎样的天。

地铁上，我小心翼翼地加上了他的微信。那一刻心里其实很忐忑，五年的空白，我既好奇，想要从中得知他现在的生活状态，又不想面对这段横亘在我们之间的距离。

我慢慢地，一条条往下翻，看到他这些年去旅行经过的许多地方——曼谷、韩国、日本、香港、哈尔滨……

他看过北城的雪，吹过南海的风。而只要一想到，这些统统是

224

我不曾参与的时光，我就觉心如刀绞。

快下公交时，顾潮生已经等在那儿。我与他隔着几步之遥的距离，却一下子模糊了双眼。还好天色已经有些暗了，他笑着迎上来，我假装有风沙，揉了下双眼，趁机擦掉眼泪。而他并没在意。

"肚子饿了吧？"顾潮生看我一眼，"带你去吃好吃的！"

我兴奋地点头，他拉着我去街边打车。这一刻我反而有些恍惚，我想到我们在一起时，还几乎没有打过车，常常都是散步。

我安慰自己，都怪北京太大。

车上顾潮生忽然说："其实有次回去，我远远看到你了。"

我身子一僵，看向他，他却并未看着我，只是盯着车子往前开的方向，眼神似乎浓得化不开。

"远远地看到你，好像就在去年下半年吧。"他说，"本来想喊你，但看到你在跟身边的人说话，我不清楚是谁，担心是你男朋友，就没有走近。"他说完笑着扭过头，"怎么样？我是不是很够意思？"

我眼眶很胀，只能一路努力地忍着泪意，直到他顺着话题接着问："不过，你们怎么分手了呢？"

这句话似乎给我的情绪找到一个合理的宣泄口，我心里一直揪着的防线猛地一松，眼泪顺理成章地涌出来。

顾潮生发现我哭了，还以为我是因为失恋而难过，他轻轻在我背上拍了两下，然后说："你知道吗，我还以为你们不会分手的。"说着他掰掰手指，小声计算，"我来北京五年了，我来这边多久，你就有多久没和我联系了。我以为你们在一起这么久，肯定会结婚的。我还想着，不知道你婚礼的时候，会不会忽然想起我。"

说到这里，他忽然有些委屈："还是你如果没分手，其实本来打算……永远不联系我？"

我一怔，十指用力抠在出租车的门把手上，眼泪却怎么也止不住，稀里哗啦地往外掉。他看我哭得更伤心了，居然追问："你该不会真这么想的吧？你这么狠心！"

　　好在这时，车靠在路边停了，顾潮生忙着掏钱，然后把我拉下去，塞到一家台式小火锅店里。

　　饭桌上，我终于鼓起勇气拐弯抹角地问顾潮生："她呢，你怎么没把她一起叫来？"

　　顾潮生沉默了一下，深吸了一口气："你问傅湘吧？"

　　我心里一下子慌了，表面上微微点头，心里其实紧张得要死。我不敢承认自己在期待着什么，但我又的的确确在期待着那个答案。

　　好在，顾潮生有点勉强地笑了，他说："我们分了快一年了，她去了深圳。"

　　他伤感而迷离的眼神，让我不免有些心疼。

　　"那段时间你是怎么过来的……"我其实想问：这一次失恋，分明是你最长一段恋情的结束，你该有多伤心，但我却没能再成为那个深夜时分，可以让你放肆哭一场的人。

　　"你说怎么过来的？"他故意装作有点生气地瞪我一眼。

　　我太知道他有多在意傅湘了。

　　如果说我们年少时候，曾经有过的每一段懵懂的感情，是青春的证明，那么能够陪着我们从青春走向成熟的那个人，会是我们一生难忘的印记。

　　顾潮生，他是那么恋家的一个人，逛超市在他心里的全部意义，是和喜欢的人共同营造出"家的感觉"。而这些年，傅湘在哪里，他心中那个"家"，就在哪里。

　　当她远走他乡，当他意识到，她并没有把他当成那个唯一的归属的时候，他该有多失落，该有多难过呢。

想到他的痛楚，我恨不能十倍百倍代替他痛。

"那现在呢？"我压抑着心里的酸涩，"现在你好了吗？"

他拿着汤勺在火锅汤底里来来回回搅动："好了，这么久了，我已经没事了。你相信吗？"

他眼底的落寞让我下意识岔开了话题："我们要点酒吧，好久没见了，我舍命陪君子！"

"到底是你陪我还是我陪你啊？"顾潮生好笑地看着我，"现在失恋的好像是你吧？"

"是啊，你陪我。"我边说边招呼服务员，"我好难过，你快陪着我。"

"那我要考虑一下！你当初是怎么对我的，现在知道我的好了？"他笑着夹起一块玉米。

接着我们开始拼酒。

一开始顾潮生还非常豪爽，我举杯敬他，他就一口喝光，还晃一晃酒杯给我看："怎么样，我对你感情这么深。"

不知不觉，桌上五个酒瓶都空了。他担心我喝醉，要来拦我："你别喝了，你这样我们待会怎么回去，你这么重，我可扛不动你。"

"我怎么可能醉？你想多了，我千杯不醉的好不好！"我开始讨价还价，"你想让我暂时不喝了也行，我们换个地方继续！"

他想了想："那行，我们先回我住的地方，你今晚还要去你朋友那吗？我室友这段时间刚好出去旅游，算你运气好。你要不矫情，就去我那混一晚上。"

"你室友男的女的啊？你让我睡别人的床？我不干！"我头一扭。

"谁让你睡别人床了，你睡我房间，我睡他的。"顾潮生说着拉起我去结账，"你要真喝醉了，我还担心你把他房间端了！"

从店里去他住的地方倒是很近，打车拐几个弯就到了。我还嘲笑他："才这么一点点远，为什么不走回来？"

"我现在老了。"他笑。

"是不是因为没人陪你散步，所以你一个人不想走？"我故意停顿一下，"但是现在我来了。"

顾潮生看我一眼，没有接话，稍一用力，把我整个人塞进电梯。

那个晚上，顾潮生被我怂恿着，也喝了好多瓶。后面我实在喝不动了，就把自己胡乱地摔在他客厅的沙发上。

他可能以为我醉了，其实我没醉。

我看得出来，他也没醉，只是迷迷糊糊没什么力气了，就躺在我对面，整个身子深深陷到柔软的沙发里。

我望着天花板，一根一根掰着自己的手指："顾潮生，你还记得我刚认识你的时候吗？"

"废话！"他懒洋洋地答。

"那时候你学习成绩特别好。我记得有一次，上美术课，我们学剪纸。你看到了我剪的，你跟我说，觉得我特别厉害，剪出来的喜字真好看。我一下子也觉得自己厉害了起来。"

"然后呢？"

"后来上中学，你非要考那个什么破学校，我装肚子疼，连省重点也不敢去考。你不知道，那个时候我多想跟你一起玩，但是我不知道要做点什么，你才会也想和我一起玩。所以我想，我先接近了你，不管怎么样都和你混熟了再说。"

"……"

"再后来，你说你喜欢青蔓，我心里想你喜欢的女生真漂亮，我不漂亮，怪不得你不喜欢我。可是你竟然跟林西遥在一起了！我特别

228

难过地哭了一晚上，我觉得林西遥也不是特别漂亮啊。后来我想了一下，其实可能是因为她比我勇敢。要不，就是她的确比我漂亮，只不过我不愿意承认！"

"……"

"那时候我一直在想，你会不会，不是因为忙着恋爱才不来找我玩，也许是因为林西遥能看出来我心里有鬼呢？我想证明自己和你之间是清清白白的，所以我跟世界宣布说，我喜欢许眠歌！我要追他！然后我还逼你帮我出谋划策，因为这样一来，我就有借口频繁地来找你了……"

"……"

"你跟林西遥分手了，你知道吗，其实我特别替你不值，简直想偷偷去揍她！但我又想，如果她一直跟你在一起，那我不是也很可怜？你跟她在一起，你就不来找我，所以这么看来，你和她分开也挺不错的……我坏吧？"

"……"

"谁知道你换女朋友那么快！我以为你至少调整一段时间才能有新欢呢，没想到高中开学才几个月啊，你就把周蕾追到手了。当时我在你们教室门口看到她的时候，我觉得自己快要晕过去了……这次你总算搞定一个又漂亮又温柔又美丽又大方的女孩子了，我想我应该替你高兴，我必须得替你高兴！可是你怎么那么蠢！竟然把她害得被迫转学……还非得转学去外省……你知道你哭着给她打电话的时候，我看着你站在大雨里，我有多难过吗？大晚上的，你给我打电话，我听着你哭，我也哭了，但我却不能让你听出来……"

"……"

"你们分手后，我都不知道你什么时候又和傅湘在一起的。不过

229

这次，按照你以往每段感情的持续时长来推算，我天真地以为这次又没多久的。我想大不了就是等嘛，等了这么多年了，我也愿意就这么一直等下去。可是后来我发现，我竟然等不到了呢……你们感情那么好，最重要的是，傅湘对我也很好，她一点儿都不排斥我的存在，这让我觉得，那个偷偷期待你们分开的自己真的很坏很坏……"

"……"

"我再也没办法骗自己陪在你身边了，所以我想，就听林航的，跟你分道扬镳吧。如果再也不见你，我觉得我总会好起来的。我不信我没有了你就不行，难道不和你在一起我就会死吗？我不会！所以我和你断绝了一切联系，让你嫌弃我重色轻友，让你讨厌我……但你竟然给我打了三十多个电话，那一刻我忽然在想，原来我对你也这么重要吗？值得你这样挽留我？但是，既然我这么重要，为什么你只要一忙，就想不起来要找我？"

"……"

"可是你为什么要给我打那个电话呢？顾潮生，你知道那个电话让我有多难过……你在电话里跟我说，说你难过的时候想到的人是我。我多想为了这句话奋不顾身地跑来找你啊……但你又告诉我，傅湘也要来找你。你让我一时天堂，一时地狱，我简直要疯了……"

"……"

"在我们家附近，偶然碰到你的那次，你知道吗，我当时在拍照，拍好了才发现，你竟然也被抓拍到了那张照片里……哈哈哈……你不知道当时我有多开心！但看到你冷冷地对我，我又很难过。我难过完了，又继续很开心，因为我觉得你在生我的气！一个人为什么会生另一个人的气呢？难道不是因为你在乎我？我一想到你会为我生气，我就又特别开心……你知道吗？我特别害怕，我最害怕的就是你对我又客气又冷漠，我怕你再也不会对我说心里话，我怕你看到我就再也不想理我……"

"……"

"我送你回家的那个晚上，那是我最后一次见你。当时我就对自己说，这一定是最后一次了，我以后的人生还很长很长，我不想再纵容自己这样下去了。我当时真的已经下定决心了！你知道吗，我在从没和你一起待过的城市生活了五年，我以为这样就能不再想起你。为了不再想起你，我连回家的次数都寥寥无几，因为我总怕万一，万一我又和你偶遇了呢？如果让我又见到你，我的一切努力又会成为泡影……我会忍不住想要和你说话，想要接近你……"

"……"

"你想知道我为什么来找你了吗？那是因为，我发现自己差一点儿就要再也见不到你了……长沙的砍人事件你听说了吗，我当时就在现场，我当时满脑子都是你！我哪儿有什么男朋友啊，我那是骗你的！我们早分了，但我知道你和傅湘还在一起啊！所以就算我再怎么想要把一切都告诉你，我还是担心打扰到你的幸福，哪怕，哪怕我知道我根本影响不到你们……"

"……"

"如果没有那场意外，我也不可能鼓起勇气，现在出现在你面前。但是，既然我来了，不管结果是什么，我只想告诉你……我只是想告诉你……我只是想……想告诉你……"

"……"

醉眼蒙眬间，我下意识地去看顾潮生，昏暗的灯光下，他的眼睛也闪着光。我却紧张地闭上眼，小声说："我喜欢你十九年了，我就想

231

知道，十九年了，你为什么从来也不愿意，考虑考虑我呢？"

顾潮生没有说话，而我，我一直在哭。我闭上眼，害怕发出任何动静，我竖起耳朵，只敢凭听觉去判定他的反应。

很久很久以后，我的额头忽然落下了一个轻若无物的吻。

"为什么……不早点告诉我？"

顾潮生贴在我耳边，轻声地说。

然后，他很慢很慢地，伸出双臂，以一个极其温柔的姿态，将我搂入怀中。

那是我一直憧憬，却没能去过的地方。

他的怀抱很温暖很温暖。

有一瞬间，我甚至以为我的梦变成了真的。我以为顾潮生终于确定我的心意，会不管不顾来到我身边。

可惜我又错了。

良久，我听到他的声音，很轻很轻，他在叫我的名字："温澜。"

我应了一声。

"是你先告诉我，你喜欢许眠歌的。"他含混不清地说，"所以，我才决定和林西遥试试。"

那一刻，时光就那么静静地，静静地停下它的脚步。

我在这个轻如尘埃的拥抱里，才明白，时光真的已经走过太远，根本回不了头。错过的时间，也都补不回来了。

他第一次牵手，是和别人；他第一次亲吻，是和别人；他第一次受伤，是为别人哭；他第一次深爱，是与我无关的蚀痛。

即使他现在抱着我，还给我温柔的亲吻。但过了今天，这些就都不会再有了。

窗外夜色朦胧，我轻轻推开他，缓缓离开他的怀抱，像完成一场盛大的放逐。

我退到他的房间，仓皇地关上房门，一个人顺着墙滑倒在地，终于控制不住地大哭。那个房间里有他身上好闻的味道，却从来不是属于我的。

这些年，我们在别人的爱情中不断练习，他换了不计其数的女友，而我也被几个不错的男孩宠爱。

但不同的是，他最后爱上了别人。

这世界上，也就只有爱情，是一根没办法弯曲的线。

他爱上别人的那一刻起，我们之间，已经回不去多年前，那个阳光正好的校门口，他对我说"以后放学我们一起走吧"。

我不再是那个写很多"对不起"给他，让他觉得心疼的女孩。

门外顾潮生始终没有发出一丝声响，早上醒来时，我发现他在沙发上睡着了。

我过去推他两下，他没有动。于是我留下一张便笺，拿上简单的行李，推开大门。

这次是真的，要说再见了。

那之后，我再没有主动找过顾潮生。直到过完清明，他忽然发来短信，只有简单一句：我决定辞职去深圳，我们和好了。

我看着短信，久久没有回过神，隔了好一会儿才回：那很好啊。

他没有再回。

然后又是将近一个月的空白。

五一放假回家，我正吃饭，这时接到顾潮生的电话，他问我在家吗，我边扒饭边含混不清地说："当然在啊。"

"你干吗呢？"顾潮生问。

"我爸新买了个家庭装的卡拉OK，家里一堆亲戚来了，都在唱呢，你听见了吗？好吵。"

我说着起身，自然而然地走到窗边。

从我站着的地方，能清楚地看到那条从前顾潮生回家的小路。

我想起从前的很多年，只要一有空，哪怕下雪天，他也会从那条路的尽头出现，缓缓走向我，笑容清朗，眉眼弯弯。我们一起溜到网吧通宵上网，或者干脆买鞭炮来放。一起去散步，我总有错觉，仿佛走着走着，就能走到地老天荒，走完一百年。

很多回忆猝不及防重回脑海，我刚想挑几样来说说，顾潮生忽然一本正经地咳了一声。

"跟你说，我带傅湘回家见父母了，我们打算这个月月底的纪念日订个婚，你来吗？"

"明年今日 / 别要再失眠 / 床褥都改变 / 如果有幸会面 / 或在同伴新婚的盛宴 / 惶惑地等待你出现……"

耳边传来陈奕迅的歌。

我对着电话，突然就哭了。

来啊，当然来了。

终章

温澜：

共你亲到无可亲密后

便知友谊万岁是尽头

温澜做了个梦。

梦里，她清早迷迷糊糊醒来，发现自己正陷在一张柔软的大床上，被一床浅灰色的薄被包围。

房间空旷，窗外投来温暖的阳光。

她偏头去看，阳台上是顾潮生养的青色的盆栽，还有几条欢快摆尾的金鱼。

床头柜上似乎有张便笺纸，她企图伸手去拿，才发现前一晚的宿醉还没全醒，头仍然在痛。

于是她起床，慢吞吞地摸到洗手间，拿他的毛巾洗了个脸，看到他放了新买的牙刷在洗脸池边上。

一边有张便笺纸：杯子就用我的吧。

她晕乎乎地洗漱完毕，再回到房间，看到床头的便笺上也有顾潮生熟悉的笔迹：醒来了不要乱跑，等我下班回来。

想到前一天晚上，她醉酒后说给他听的胡话，而那个温柔的亲吻与拥抱，是真的存在吗？

她有些分不清了。

冰箱里有三明治，她吃了两口，摸索到自己的钱包，踩着拖鞋跑到楼下，在小区的超市里买了些菜。

那个下午，她在厨房折腾了四五个小时，这才慢吞吞地做好三个菜。

她一直清楚，顾潮生的厨艺绝佳，一想到她的厨艺肯定会被他嘲笑，她有点退缩，但又有点执着。

快五点的时候，微信响，是顾潮生发来的语音消息："醒了吗？"

"嗯，你什么时候回来？"她欢快地回过去。

"下班前的短会被我翘掉了，现在快到家了。"顾潮生又发来一条，"想吃什么？冰箱里有我早上买的三明治，你吃了吗？"

她忍不住自顾自笑了："我买了菜，你先回来再说。"

没多久，就听到钥匙响。

她迅速擦干净手，两步蹿到门口的位置，顾潮生开门的时候，她刚好站稳脚跟。看到他风尘仆仆的样子，她张开双臂，想要确定之前的那个拥抱是否真实存在。

他便再自然不过地凑上前，轻轻拥抱了她。

她指了指桌上的饭菜，有点头疼地说："我的水平就只有这样，你将就尝一尝。"

"我肚子已经很饿了！早上忙到现在，都没吃午饭。"

她拉着他的胳膊，把他塞到餐桌前，然后自己去盛饭："中午公司不是应该有东西吃吗？"

"来不及，想赶着早点回来，所以加了会班。"他笑着夹起一块排骨，"让我先尝尝这个……"

"一定没有你做的好吃。"她有点紧张，她记得他朋友圈经常晒的菜里，就有这一道。

"还不赖哦。"他居然吃得津津有味，"你也吃。"

她有点慢半拍地捧起自己的碗，去尝另一道清蒸鱼："好像，我的手艺还不错？"

"比起我，"顾潮生笑着敲一下她的头，"还差了那么一点儿。"

那是她第一次那么近地感受到他温柔的目光，以及温暖的怀抱。

纵然从前多年，这些统统属于别人，但从今往后，他是属于她的。

饭后顾潮生掏出两张电影票："下班路上我赶着去买的。"

她接过来："这么好？"

"那你去不去！"顾潮生佯装生气道。

她满意地把票揣到口袋："当然要去！"

他们一起下楼，牵着手往电影院的方向走。

"有两条街吧，要走三四十分钟。"顾潮生在心里估算了一下说。

也不是很远啊，她想。

晚风有些凉，路上他们有一搭没一搭地说话。好像，一切都和以前一样。

之后的一段时间，温澜每天上午睡到自然醒，然后出门买菜，下午不紧不慢地做好吃的，等他回家。

她偶尔也会接到顾潮生上班间隙里给她发的消息。如果是语音消息，她会重听好几十次。

客厅的电视永远在播顾潮生追过的剧。

她好像终于来到他的生活里，接近他的一切。

他带她去看了场歌友会，因为刚巧赶上档期。当晚古巨基唱了首新歌，她记不得词，但觉得很好听。

有天晚上，她和他窝在沙发上玩手机，忽然听到他的微信响，然后，不知怎么，他原本在跟她闲聊的话题突然就没了后文。

她疑惑地回头看他："怎么了？谁发的消息？是不是有什么事？"

他望着她，眼眸里的光似乎暗淡了，半晌，才若无其事地笑了笑。

她像是预感到什么一般，也不再追问，反倒找出微博上刷到的段子，笑嘻嘻地讲给他听："是不是很有意思？"

她感觉到他轻轻揉了揉她的发，声音淡淡："嗯。"

隔天，她起得比平时都要早，见他还没醒，她便煮了面，煎了两个蛋，切好几片火腿，还烫了盘生菜，然后捧着一本他书架上的书，半躺在沙发上，边看边等他的闹钟响。

没多久，顾潮生睡眼惺忪地经过客厅，看到她，走过来贴了贴她的脸，然后去洗脸刷牙。

吃过东西，她套了件针织开衫，坚持要送他去上班："就送到车站，看你上车。"

他拗不过，只好拉着她一起出门。

这样一起散步的清早，虽然是在北京，仍然让她觉得熟悉又温暖。她禁不住有些怀念，很多年前的清晨五点半，小巷里昏黄的路灯，还有在粉店边吃米粉边等她出门的少年。

那时他应该常常都会吃几口，仰起脸，望向她会出现的楼梯间。一想到那些年，他始终都在等她，她便眼眶温热。

看他上了车，车子渐行渐远，直到驶出了视线，她才恋恋不舍地往回走。路上，她接到一条微信消息，她和他共同的朋友发来的。

是一张顾潮生朋友圈的截图，朋友用画笔工具画出一个圈，指向明确。

被圈出的 ID，是她没加过，也没见过的。

不知怎的，她又想起前一天晚上，他听到微信响时，有些紧张的表情。

来北京的事，她没有告诉任何人。所以朋友发这个给她看，应该也只是抱着与她共享八卦的心理。

那条评论的内容是：北京最近天气好吗？

240

下面顾潮生回复: 不好。

对方回应: 不想见我?

她想问朋友, 这个 ID 是谁, 明明已经在对话框里输入好了文字, 却又纠结地删去。

她发了个消息给顾潮生: 等你下班, 我们去逛逛宜家吧, 我去接你。

她在他的朋友圈刷到过好多次他逛宜家, 她也想陪他去。

顾潮生一直没有回信息, 她想, 他应该是在忙吧, 可能是在开会, 所以手机设置了静音。

辗转到他公司楼下, 她等在路边。

看看手机屏保, 时间刚好。

六点十分, 顾潮生从公司大楼出来, 却没有第一时间发现她, 而是朝另一个方向招了招手。

她顺着他的目光看过去, 竟然是个熟悉的身影。

也许那一刻, 她可以走上前, 顺其自然地挽住顾潮生的胳膊和对方打个招呼, 或者可以客气地喊对方一起去逛逛, 去家里坐坐。

但她却忽然感觉自己失去了全部力气。

最终, 她还是眼睁睁地看他走向那个身影。他们没有注意到她的存在, 而是径直到路边拦了辆出租车。

她也跟在后面, 拦了车, 让司机跟上。

他们的车停在路边一家咖啡馆。她跟着他们进去, 看到他们找了个位置坐下。她便找了个不远不近的位置, 点了杯冷饮。

那个距离里, 她听不到两人的对话, 但她盯着自己的微信, 顾潮生竟然一直没有回复她, 甚至下班后没有第一时间回家, 也没有想过要发个消息给她。

她慌乱地箍住双臂，心不在焉搅动着高脚杯里的冰块。

时间一分一秒过去，窗外天色渐暗，终于，她等到女生起身，然后去路边拦了车，不知去向。

顾潮生怎么没有送送她？

她有些奇怪地想着，这时，手机振动，是他发来的：你在哪儿？

——在家。

她一边飞快回了两个字，一边迅速地起身，付账，准备拦车。

——我看你一直没回我，以为你加班走不开，就在家等你了。

她按下发送，一路疾步往外走，然而快到路边，却被人一把拉住。

"你都看到了？"夜色中，他的眼神像浓得化不开的雾。

"没有没有，我刚到，我什么都没……"她不知该如何解释自己为什么出现在这里。

顾潮生的声音此刻听来也听不出什么情绪："走吧，先回家。"

她有点不明所以地仰起脸，对上他的目光。他缓缓地，缓缓地张开了双臂。

街灯下他的怀抱，是她一直向往留恋的地方，可此时此刻，她却成全了自己的骄傲。

她摇了摇头。

他忽然无力地垂下手，眼光落到不知名的地方。

"对不起。"

她不可置信地看向他："什么对不起？"

"对不起。"他有些无力地重复。

"你以前说过，没有人比我对你更好了。"她紧闭双眸，似乎生怕一睁眼，就再也见不到他一样，"以后你也会这么想吗？"

"嗯。"顾潮生慢慢走近她，她此刻终于无力地任由他拥着，"其

242

实没有人会知道，所以，我们还会和从前一样。"

"和从前一样？"她抬起头，路灯微微刺目，她觉得有泪意。

"最好的朋友。"他说，"青梅竹马，独一无二。"

街边的唱片店，竟然在放那首她和他一起看的歌友会上，古巨基唱的新歌。

相处得太好，变情侣像注定

却又怕熟悉得心动似假定

直到你说你爱我，似赞我痴情

又似报答我，那温情

直到倾诉比热吻高兴

弄错爱恋跟欢喜，已将关系处死

浪漫虚名承受不起，也要舍弃

共你亲到无可亲密后

便知友谊万岁是尽头

别似亲人那么怀抱我

也别勉强共老朋友手拖手

已经恋到无可恋慕后

换到同情才罢休

跨出这条界线，怎去善后

也许这种爱刚足够

散步然后吃喝，谁也别多口

她望着他，此刻他们近在咫尺，可他眼里的温柔与爱意，却仍不属于她。

眼泪不听话地沾满脸颊，她用手背去擦，却猛然从睡梦中惊醒。

她环顾四周，刚刚发生的一切，竟只是个一半甜蜜，一半痛彻心扉的梦？

而即使在梦中，她也不是他心中挚爱。

漆黑的夜色，她的房间没有一丝光亮。

她忽然想起多年前那个深夜，她接到他打来的电话，他一言不发，却哭得那么令人心疼。

大概，她今生再不会接到他拨来这样的电话。

她想到梦里傅湘的背影，想到他温柔宠溺的神情。

就着夜色深深，她捂住脸，肩膀止不住颤动，压抑地痛哭。

我以为我与你回忆无数，睥睨所有旁人，但终究忘了，你与她往后的几十年，漫长到足以覆盖我们曾经一切。

她又想起那首歌。

这世间有无数可能，而人越想要，越没发生。就像我不可能，参与你的皱纹。

顾潮生：

大概过去有爱过

以挚友之名

温澜, 我不知道这五年, 你过得好不好。

我应该不算太好吧。

自从你离开北京, 我常想起那个晚上, 你喝得酩酊大醉, 在我房间吐得满地都是。

我趁着你迷迷糊糊睡着,把你抱到床上,替你擦被你弄脏的衣服。

那个晚上, 我坐在床边, 看了你很久。

借着月色, 我发现, 五年没见, 你瘦了很多, 也更漂亮了。

我记忆中的你, 还是那个上学时剪过短发, 穿着浅灰色背带裤, 常常在我身边蹦蹦跳跳的女生。

那时候我常说你, 嫌弃你走着走着就从我左侧换到了右侧, 再走着走着, 又倒回左侧。

我埋怨你为什么不能老老实实走在同一边,你只是笑,却不说话。

其实, 我从没有觉得你麻烦, 反而觉得你很可爱。

看到你脸上永远欢快的样子, 我从没有让你知道, 我觉得你是个很特别的女孩。

我曾经一度以为, 我喜欢的女生, 是班里最漂亮出挑的, 是让我带出门可以羡煞他人的。我像所有男生一样, 对自己未来女友的期许, 只有一条, 那就是: 拿得出手。

和你接近时, 我并没把你列为备选对象。

或许也正因为这样，我觉得和你相处很轻松，也很自在。

那时候我经常和阿宝聊天，而你每次跟在身旁。每当切换一个话题，我都会问你："澜澜，你都听懂我们在说什么了吗？"

我带着点嘲笑你笨的口气，你却毫不在意，天真地看着我说："没有啊，你跟我说说呗。"

而我总是故意不告诉你。

看到你被捉弄时，露出无奈却又好脾气的表情，我就忍不住自鸣得意。

后来，我骗你说，我对阿宝也动过心。

我不知道那时候的你是什么想法，会不会有一刻也拿自己和阿宝对比，但我仿佛看出你当时微微不屑的神情。

你一定觉得我真花心吧，随随便便哪个女生，我都动过心。

其实我没有。

我只是那一瞬间有一点点想告诉你，我喜欢过你。

只是我反射弧有点长，当时连自己都没有发觉，只以为是单纯的好朋友关系。直到你对我说，你有喜欢的人了，叫许眠歌。

我当时愣了愣，胸腔有股不爽，但连我自己都不敢承认。

你不知道，我当时一直自作主张把这种心情解读为：我觉得许眠歌配不上你。

于是后来的很长一段时间，我帮你去追他时，每次看他拒绝你，我反而有点替你高兴。

我心想：他不答应你，是他没福气。

只不过，我从没把这些告诉过你。

你知道的，男生都有点晚熟。

当我莫名其妙带着点赌气决定和林西遥在一起，有次看到回家

248

路上，你孤单一个人在前面走的背影，你一定猜不到，我当时竟然有点得意。

我心里想着，活该你追不到许眠歌，但我已经有女朋友了，你是不是很嫉妒，是不是会因为落单而很不开心？

我当时的心理活动特别好笑：你高兴，我想方设法让你不高兴；你不高兴，我想到你是因为我而情绪低落，我又很高兴。

所以，我一直保持着优越感，直到我发现，慢慢地，我竟然开始喜欢上林西遥了。

与其说是喜欢，不如说是习惯。

那时候的我反正也分不太清。

发现她跟钟暗牵扯不清时，我很生气，但最让我觉得受挫的，是我骄傲的自尊心。

从此，我与林西遥再没联系。

进入高中，我和你不再在一个班里，我遇到了周蔷。你知道的，班里所有男生都想追她，而我发现，她竟然对我表示了好感。

有点虚荣心作祟，我给她传了张字条，我没想到这之后，她就主动宣布，我们是男女朋友了。

与此同时，听说你也和徐南走到一起。

我根本没时间心虚，一想到不能输给你，我便认认真真与周蔷谈下去。

如果不是那次生日会后，周蔷因为我而被迫转学离校，我想我不会觉得自己那么愧对她。

但有些事情，一旦发生，谁也不能假装它没发生过。

我记得那天下了场大雨，而你陪我淋了一场雨。

深夜，我失态地打电话给你，你以为我是为周蔷的离开而哭，其实我不敢告诉你,我是因为不敢面对这么懦弱的自己。

我竟然让喜欢我的人承担我做的错事,而我却没办法接受转学或是被劝退。

温澜,那时候夜深人静,我想到你的脸,我发现我不想离开学校,竟然有个原因是我不想离开你。

虽然当时,我们已经不常一起上学放学,但我总下意识觉得,和你之间的关系,不需要通过每天的陪伴来证明。

你始终在我心里。

你在恋爱,我不愿意承认自己是不敢打扰你。

我害怕我找你,你会告诉我你没空。我的骄傲令我不愿意深想。

回头去看,我有些可笑地发觉,自己竟然就这样不得要领地谈完了两场恋爱。在你眼中,你一定曾疑惑我在玩弄感情对不对?

后来的我常想,我人生中最大的转折,就是在这时遇到傅湘吧。

对你,我总是错过。

和傅湘在一起的最初,我一心扑在高考上。

记得有天晚上,我约你散步,然后一起去吃烧烤,当时我问你要报什么学校。我当时跟你说,我想去成都。而你看着我,我一直企图从你眼中收获点什么,比如,你想跟我一起。

就好像从前好几次,我们都好运气地分在同一所学校。

我总以为这是缘分使然。

直到很久以后的你说出缘由,我才惊觉,原来操控缘分的,是你的决心。

但那时,我在你的眼中却丝毫没有看出你有半分想跟我一起去的打算。

我有点难过,也有点灰心地想,你果然心有所属,你不喜欢我。

最终，我没有去成都。我留下了，留在了有你的城市，但我却不再去找你。我和傅湘在同一所学校，大学四年。直到后来我发现，开始一段感情，陷入一场热恋，都不是什么难事。

关键只在于：你想吗，你愿不愿意。

傅湘和你其实有点像，她心无城府，也喜欢你。

你一定不知道，从前林西遥多少次跟我说，让我不要再和你走得近。她跟我说，我既然是她男朋友，就应该照顾她的感受，而她不喜欢你，我也应该和你保持距离。

那时候为了你，我们其实没少冷战。

所以你应该明白，为什么在得知你为了林航竟然答应不再和我联系后，当时的我有多吃惊。

但傅湘不会像林西遥这样。

她觉得我和你是特别要好的朋友，是发小，是青梅竹马一块长大的交情。

曾经你不理我，不联系我，不找我的最初，她还一直一直安慰我。

五年，温澜，你知道五年意味着什么吗？

意味着我以为我与你再没可能，连哪怕是一丝丝的可能都没有了。

我试过锲而不舍打你的电话，给你发无数的短信，我还曾经想过要不顾一切冲到你面前去找你，我要质问你，为什么你这么狠心。

只是做朋友而已，你竟然不愿意为我，稍稍去跟林航争取。

是傅湘的话点醒了我。

她对我说，你有你的选择，作为朋友，我能做的是祝福你，而不是怪你。

后来我想了很久，我觉得她说的是对的。

我不是一直以你最好的朋友自居吗，那么在你最需要得到我的

251

理解与祝福的时候，我又怎么能让你难做。

你找到了喜欢的人，而我，我身边也有人一直陪着我。她陪了我五年。

五年中再想找你的日子，我都熬过来了。

我试着打给你的那个电话，其实是因为我想你了。我想见你。

但我痛恨自己，为什么始终保持着那份骄傲，我的骄傲不容许我低头。

我的骄傲指引着我口是心非，我的骄傲指引着我催眠自己，我告诉自己你过得很好，你和林航很相爱，因为如果你们分开，你一定会告诉我。

假如你们没在一起了，你看到我说"我不会再打扰你"，你一定会阻止我。你会告诉我，我可以打扰你，你不怕被我打扰。

我是这么想的，我错了吗？

这么多年，我都认为我是懂你的。

你像个始终迷迷糊糊的小家伙，带着让我一眼望穿的热情，每一天的你看起来都那么高兴。

我一直以为我是对的，我看到的你，就是你本来的样子。

而我怎么也没想到，五年后，你会告诉我说，你曾陪在我身边的每一天，都是痛的。

你看我和别人在一起，你痛；看我为别人哭为别人难过，你痛；直到最后你故意与我断掉联系，我竟然不知道，你是为了避开我。

你以为我从没爱过，所以你想要逃脱。

得知一切的那个晚上，我抱着你，很轻很轻地抱着你。其实那时候我很害怕。

不知道是不是因为这一切来得太令人觉得不真实，我轻轻地抱

252

着你，好像稍微一用力，你就会碎。

你喝得烂醉，跌跌撞撞回到我房间，砰地关上房门，那一刻，我和你便好像被分隔在两个世界。

是那声闷闷的门响令我惊醒。

这五年间，我竟花了四年的时间，去适应傅湘的一切。她离开我，去深圳时，我第一次有了地球停止转动的感觉。

那时的我，再没有想要拨一通电话给你。我和你之间，已经有了太多空白。

后来，我勒令自己把全部精力投入工作。其余的，我不敢想。

而我也真正见识到了时间的力量。

再次见到你，我发现，我似乎已经能够做到云淡风轻。

只是在看到你宿醉未醒晕乎乎的样子时，我仍然有些抑制不住地心疼。

我静静在床边陪了你很久，但最后，我还是回到客厅沙发上，假装自己也醉了，直到我听到你起床，收拾一切，最后轻轻关上门，独自离开。

我这才起身，走到窗前，看你从楼道出来，走到路边，坐上一辆再也不会回头的出租车。

奇怪，我忽然像是回到很多很多年以前。

也是这样的清晨，我在你家楼下等你，我们一起边聊天边说说笑笑地去上学。你背着个粉色的小书包，马尾一晃一晃的，我走在你身边，好像一伸手，你就再也不会离开我身边。

你走后，我去了深圳。

也许因为这段感情是靠失去你而换得，所以我不允许自己再中途舍弃。

253

傅湘说，她一直在等我，而我果然没让她失望地来了。

这世上的一切，或许都有因果，而最令人唏嘘的，却是时光轰隆，永远不给人回头的机会。

爱或者不爱，都不能重新洗牌。

五一小长假回家，我拉着傅湘经过你住的那幢楼，指着二楼房间的灯光对她说："那是温澜家。"

她笑着说："是吗，那我们订婚时，你记得喊她。"

于是，我给你打了个电话。

隔着万家灯火，想到过段时间我应该会凑首付买房了，那么，也许以后，我不会再经过这段路。再过很多很多年，不知道我是不是会忘记曾经和你一起去过的地方。

电话挂断前，我听见你吸了吸鼻子，像是在哭。

也不知道，我是不是听错了。

后记

我陪你走的路你不能忘

有时候，会忽然一下子想到你。

想起以前常常和你一起去买凉面吃，穿过学校外的林荫路去网吧追剧，周末的时候，还会和你一起去书城坐坐。

聊班里同学的八卦，月考刚出的成绩，你擅长的作文考题。

但我最常和你一起经过的，却是那条来往学校与家之间的长街。

他们说心里住着一个人的时候，去到哪里都能想起与他有关的回忆。

后来我和很多人一起路过那些街边的小店。

而我总是不自觉地，想起你以前爱吃哪个店里的零食，你买给我喝过哪个口味的奶茶，我们在哪个店里买参考书，你曾走到哪个拐角时哼唱过一首什么歌，你又在哪里手舞足蹈说起那部我也爱看的电视剧。

这本书完稿后不到一周，我又见到了你。

在机场，你风尘仆仆地推着大大的行李箱，上面贴满了标签纸，我没话找话地看着你，想要缓解好久不见的尴尬。

我说，这么花哨。

你笑了笑，没接我的话。

我想仰起脸好好看看你，却又不太敢，只好默默低着头，亦步亦趋地走在你身旁。

好在，很快我们便像以前一样，开始有一搭没一搭地聊天。

以前有人说，最值得喜欢的人，其实是那个在不知不觉中改变了你，且令你变得越来越好的人。

我有没有告诉过你，对我来说，你就是这样的人？

在后来没有和你联系的很长时间里，我才强烈地意识到，我有好多好习惯，都是因为你。

我的坚持，我的追逐，我的认真，我的骄傲，竟然都是受你的影响。

他们说因为遇到过最好的人，所以往后的时光，看谁都觉得不如那个人。

我觉得我是因为曾被你影响，才会在后来的很长时间里，觉得再难遇到那个像你一样默契的人。

和你在甜品店坐到天黑，出来之后你有点疲惫地自顾自说："在这里打车吗？"

我小心翼翼地摇头："我们走回去吧。"

你偏头看看我，饶有兴味道："怎么？"

我不敢跟你说，因为我很久没像现在这样，和你一起散步回家了。

敲到这个字，我对着电脑，竟猝不及防哭起来。

像写这本书的中途那样，我几度将自己关在房间，赶稿到昏天暗地，然后写到某个片段，眼泪决堤，对抗突袭来的回忆都是场战役。

你只是微微顿了下，默许般给了我答案。

我走在你身边，不远不近的距离，有时候会挨你近一点，有时候又隔着很大一块空地。

夜色浓浓，我多希望这条路根本没有尽头。

直到最后，你催促我说已经很晚了，我假装去路边小店买东西，其实只不过想要目送你走远而已。看你的背影一点点被黑夜吞噬，消失不见，我吸了吸鼻子，缓缓地转过身。

隔天我起得特别早，跑去名气挺大的那家凉面摊打包了份凉面，给你送去。

你妈妈看到我，特别热情地跟我打招呼，我猜当时你应该还没睡醒吧，于是把早餐交给她。

后来你给我发信息说，很好吃，谢谢。

我还是紧张得不知道回你什么好，只好呆呆地发了个可爱的表情。

你知道吗？十九年了，这却是我第一次明目张胆想要对你好。

以前我也想的，可我又特别害怕被你发现。

以后……哪来什么以后。

你逗留的时间没多长，很快便匆匆回到你的城市。往后我又只能靠听说得知一点点你的消息。

而我知道，再过几年，我们会有各自的家。再久一点，你或许也会在别的地方安家。

只是，一想到再没理由和你穿过拥挤的人潮一起回家，再不能在家附近散步时小心翼翼地张望你可能出现的方向，就觉得还是有点遗憾。

顾潮生，我和你一起走过那么多的路，答应我别忘了吧。

林栀蓝
2014-10-20

新版后记

沿路一起走半里长街

这些年来，一直都陆陆续续有读者是因为《听说》系列而知道我，关注我的微博。

他们发私信告诉我，对我故事的零星感受。

其实每一条，我都会很认真地看完。

但每一次，也是他们反复在字里行间提醒着我，属于故事里的人，其实已经离开我很久很远了。

我和他们之间，隔着七年漫长的时光。

当他们追问我，和故事里的人后来怎样了，我总试图想要真诚地答复些什么，却又最终不曾发送出去。

事实上，在故事里每一个主人公都能搜索到的我的微博里，我不可能说出这个答案。

如果你问我，温澜喜欢了顾潮生十九年，十九年都不曾放弃的执念，后来又怎么能放下，她还喜欢他吗？

在微博里，我给你的答案，是我的选择。

温澜选择先走，不再等故事里的人了。

没有等，不是因为十九年过后，时间将一切稀释了。

没有等，是因为见过他被自己为难的样子，无法再让他为难了。

没有等，是因为"当时的他是最好的他，后来的我才是最好的我，最好的我们之间，隔了一整个青春"。

时间倒回到 2014 年夏天，我写完《听说》系列的第一册，你刚好从北京来到我的城市。那天白天，你有个节目要录，录制结束后，我算准了时间问你：有没有时间一起吃个晚饭？

当时你在工作地点附近等朋友，收到我的信息，似乎有些惊讶：你住的地方离我这里很近吗？

我轻描淡写：很近的，我就住在旁边啊。

你见我这么说，于是回应道：那如果晚点有时间，我联系你。

我嘴上说着"好的，那我晚点等你消息"，实际已经用最快的速度化好了淡妆，换好衣服出门。

要有多喜欢才能忍住喜欢？

我当然撒了谎。

我没有住在离你工作很近的地方，但我用最快的速度打到了车，绕了远一点但会不那么堵车的路线，成功在你再次发信息给我以前，抵达了目的地。

我在附近百无聊赖地闲逛，直到又过了大半个钟头，终于收到你的回复：晚点还要和领导一起吃饭，不用等我了哦。

我有些失神地望着这条讯息，还没来得及装作若无其事地说点什么，你却好像感知到我，追问：你不会已经出门了吧？

我怕被你看穿，连忙轻快地否认：没有哦。那好吧，我就不出门啦。

你很快回复：下次见。

下班高峰期汹涌的人潮包围着我，我很慢很慢地往回走，耳机里还在单曲循环：没关系你也不用对我惭愧，也许我根本喜欢被你浪费。

那个黄昏的天光，我始终还记着。夕阳斜斜照在脸上，有些刺眼。

我一个人置身在城市的喧嚣拥挤当中，不被察觉地哭了很久。

2019 年春节，正月初六，我发了条微博："又一年除夕过后，没见到你。没听你说说这一年来工作辛苦吗，对未来的计划有变化吗。"

其实那些天，我也有刷新你的朋友圈，想着要不要约你出来聚聚。贺岁档的四部电影，我猜测着你想看哪一部，会不会像前几年，我和朋友去看完了，你才冒出来评论我说，为什么不约你一起。

但我始终没有找你。

那条微博的评论区，有读者在猜测这个"你"是在指代谁，是你吗。

我原本很久没在微博更新和你有关的动态，以前更新过的，也被我删除得差不多了。所以我想着，就算有一天，你会无意中看到，应该至少也是好几个月以后了吧。

但我没想到，三小时后，我竟然收到你的微博评论，你说：新年快乐。

后面还跟了一个拥抱的表情。

我眼眶一下子温热，我知道，五年过去了，书里我写给你的那段话，你还记得。

"你不知道每年春节我最期待的，不是除夕也不是年初一，而是初三初四你走完亲戚，百无聊赖地打来电话，约我出去走走，然后我们在下雪天穿过人潮拥挤，穿过街灯辉煌，我走啊走啊，却心知肚明，怎样也走不到你心里去。"

你认真看了那本书，认真看了我写给你的每一句话。你知道我的这条编辑好又删除、又编辑好又删除的话，就是写给你的。

这么多年过去了，你还和以前一样，是个温柔的人啊！

三天后，我因为眼睛过敏，红肿得厉害，下午两点多跟领导请了假，想回去休息。在我只差三站就到家的时候，意外收到你的微信消息。

你发来一个定位。

那么巧，居然会是我公司隔壁的商场。

我还没和你商量好，就在停站时迅速下了车，穿过人行道，快步跑到马路对面，上了一趟回程的车。

你还以为我在公司，但听到我说要过去找你，你第一反应是担心我会不会不方便。

我像从前的太多次那样，对你轻描淡写：没事啊，很近的，你什么时候忙完告诉我，我再过去。

还记得吗，以前我们聊起广州和深圳之间的距离，虽然也不近，但是一个朋友每次路过，都没有去看你。当时你说："有心的话，就不算远啊。"

此刻的我，也是一样。

如果这样错过你的话，我会遗憾吧。两年不见了，我想知道你最近还好吗。

我回到公司，迅速补了个妆。

好像每一次见你，我都希望自己可以在你面前表现得再好一点。

偏偏，我又每一次都会出状况。

一个小时后，我终于等到你的讯息，你说：你现在过来吗？

我一边迅速回复你"好"，一边用最快的速度打到车。即便是一站路的距离，但我也希望可以再快一点见到你。

你见到我说的第一句话是："你怎么啦，被人打了吗？"

说完你笑了。

我揉揉过敏的眼睛，心里暗暗想，为什么偏偏这个时候过敏？

随后，你就像记得我发的那条微博一样，跟我汇报起了你的近况，你的工作，你之后的打算。

你说现在回想起来，人生中最应该努力打拼的，就是之前的这十年。我点点头。你又说："但我觉得我之前还不够努力。"

我想到你空中飞人般的生活，经常吃不好睡不好，从毕业到现在，你分明比我们谁都要拼，你竟然还觉得自己不够努力，就有些心疼。

我们恢复联络后的这几年，一年充其量也就能见一两面。

每次见面，我都能感觉你又成熟了一点，你谈起距离我们上一次见面这中间，我缺席的你的岁月，我饶有兴致地听着。

你好像永远温柔，永远态度坚定，拥有着一套自己的处事原则。

有人说，最爱的人是要挂在天边的。

望着你，我总会想，你太好了，从小到大，我一直下意识想要靠近你，虽然我们不能在一起，但喜欢你的那些年，我因为追逐你的脚步，才始终都在进步。

我因为你的影响，才成为现在这个我自己。

如今，虽然我们回到了老朋友的样子，但你带给我人生的那些改变，却从来没有消失。你每一次的出现，都像轻轻在我身后推了我一把，让我又积攒到更多面对这个世界的勇气和力量。

你问起我最近怎么样，还好不好，买的房子位置在哪儿，又说起长沙的房价。我鼓起勇气终于问了你一句："你以后呢？"

你一下子就听出了我在问什么。

"我啊，我想在长沙买房啊。"你说。

你曾经说过，总有一天是会回长沙的。

我们聊了一会儿, 我知道你还有事, 也不想耽误你太多时间, 能见你一面, 知道你还不错, 也知道你还在努力, 就像有人又对新一年的我说了一句 "加油" 那样, 我的小宇宙又重新血量满格。

走出咖啡厅, 我掏出手机编辑信息给你: 来长沙买房吧, 长沙欢迎你。

你很快回复: 哈哈哈哈哈哈, 好啊。

我打开微博, 转发了那条原文, 并评论道: 见到了见到了!

我婚礼那天, 凌晨三点, 你发来一个大红包, 祝我新婚快乐。

我调侃着发微博, 配上了程又青和李大仁打赌 "谁先结婚, 红包五万" 的截图, 说自己 "赢得不费吹灰之力"。

没想到, 到底还是我先你一步。

我问你会来吗, 你故意逗我: 如果新郎不在, 我再来。

我望着和你的对话框, 那是 2018 年的春节。我的婚礼, 你没有出席。我们的 "春节之约", 这一年, 到底是我先失约了。

这一年春节, 我没有见到你。

今年春节, 我终于又见到你。

初八一早, 天还没有亮, 你发来一张图片, 问我: 是这个很大很大的门吗?

我点开看, 照片上有我每天去上班都要在那里的等车的公交站牌。

你比我们约定的时间, 还提早了半个小时到。还好我也不赖, 我猜到高速上不会堵车, 所以也早早起床洗漱好了。

于是我说: 那我换了衣服就出来。

你和我一口气说了三遍：不急不急。你不用着急。

我从停车场出来，转个弯，走向小区正门口。远远地，我看到你从车里下来，笑着朝我挥手。

天色只透出一点微光，我向你走过去，那一瞬间，我好像回到很多年前。当时的每一个清晨，你都会像现在这样，微笑着站在微亮的天色之下，等着我。

这么多年过去，你好像一点都没变。

车子朝着东边一路行驶，宽阔的公路，东方逐渐亮起的鱼肚白，还有身旁的你，都让我觉得恍惚。

路上，我们像从前的无数次那样，默契地聊起你工作的近况。

你让我很意外地说，其实这次回来，你本来都已经辞去之前的工作了。你是想留在长沙的，并且也在长沙的几家公司进行了面试。

你笑着解释，如果长沙的待遇对比一线城市，差距能稍微缩小一点点，又或者你能选择的工作类型不要那么局限，你都一定会毫不犹豫地留下。

"所以你现在，又要回去了。"我试探着总结，"其实这也是很多在一线城市工作的人，很想回来，但是又总想再在外坚持两年的原因吧。"

去公司的这段路，平常都很漫长，但此刻我却感觉时间过得好快，似乎只是一转眼，你说："是不是已经到了？"

我点点头，你又说："我看看附近有没有什么粉店。"

说着，你把车掉了个头，在小区周围的商圈开始寻觅。

我惊喜地望着你。

终于找到一家营业的粉店，我们要了两碗粉。就像多年前的每一个雾霭茫茫的清早，我记忆中的画面好像重叠了。你就像这样坐在我对面，每一次，你都吃得比我要快。

这次也是一样，你先吃完了，然后笑笑地，不紧不慢地等我。

这时候，你的手机忽然响了。

"是我爸。"你有些无奈地说，"他现在很依赖我，每天每时每刻都想要给我打电话。"

你说着，接起来，哄了叔叔好一会儿。

挂断电话，你望着我："其实我家里的事情，我从来只会跟你说，跟傅湘说，除了你们，我没有别人可以说。"

我愣了一秒。

那一瞬间，我在想，你究竟还有多少苦，是一个人扛的。

2021 年 3 月，我和朋友聊天时，忽然说起你。

我心血来潮截图给你看。

"陪伴的意义吧。"你说起我们之间，"很长一段时间的精神支柱，觉得世界都会抛弃我，但你不会。"

我望着你的回复，一瞬间不知所措："我错了，我以后不会了。"

我愧疚地试图想要说些什么来弥补，可最后也只是仓皇地输入："但是后来的你也都扛过来，不需要这样一个人了。"

"不是不需要，而是这些事都会逼着你成长。"你说，"人生不就是这样吗? 很多让你瞬间成长的事情，从来都不是主动选择的。"

是啊，没有人比我更知道了。

我和你，早就回不去了。

这些年，我还能收到你的祝福，却再也不会接到你失意时，深夜打来的电话。

我还能得到你的称赞，却再没资格第一时间分享你人生的喜怒哀乐。

距离我们上一次见，已经过去整整三年。这三年里，你又独自挨过了多少成年人的崩溃时刻？这些时刻，你何曾对我说过？

　　"所以，傅湘现在怎么样？"我终于还是问出了我的好奇。

　　"现在好多了。"你的回答让我意外，"她病了。去年一整年，她有11个月都在医院。"

　　我望着你，是我的错觉吗，这一刻你眼里的光，分明更为暗淡。

　　我忽然不忍多问，你注意到我放下筷子的动作，你问："不吃了？"

　　"嗯。"

　　我们从店里出来，你看看表："虽然还早，但是我不能陪你啦，晚一点高速会很堵。"我知道，下午你在别的城市还安排了工作，等会要开很久的车。

　　我雀跃地冲你挥手说"再见"。

　　几分钟后，你的信息传过来："公司开门了吗？"

　　"开了。"

　　我回复完你，你又传来一张照片："为什么我的高速路前方没有车，人家都是堵死。"

　　"我有一个问题，"我忽然就很想问你，"你为什么可以一直对她这么好啊，这么多年过去了，你都没遇到其他让你心动的人吗？"

　　你发来一串"哈哈哈哈哈"，然后说："我确实也不知道。"

　　"那，她真的就那么好吗？"我忍不住追问。

　　"当然没有。"你说，"甚至在很多人看来，'不好'要多过于'好'。"

　　你忽然没头没尾地说："你知道我现在在高速上，是在用生命给你打字发微信吗？"

　　顾潮生，是因为我这么善解人意，所以才没有揭穿你。

你才不是因为想要和我聊天,才舍不得放下手机,你分明是因为我们谈论的是和她有关的话题。

"我认真想过这个问题。"你说,"其实她跟我的家庭情况比较类似,但是你会发现,她的活法跟我完全不一样。我觉得我的活法是小心谨慎,但是她好像永远都是大大咧咧的。"

其实,这个答案,早在你亲口对我说出以前,我似乎就已经猜到了。

你想要的,从来不只是陪伴。

能够让你长久而笃定地喜欢着的人,她身上拥有的,其实一直都是勇敢。

是我没有的,勇敢。

你知道吗,我一直都觉得,我很像世界上的另一个你。

我努力让自己活成了你的样子,可我竟然后知后觉地发现,你在苦苦找寻的,从来都是和你截然相反的那半块拼图。

那是我不管怎么努力,都注定无法成为的。

你发给我两张高速上拍到的雪景,公路尽头的山顶白雪皑皑,你说"好美。"

我保存下来,发了条微博:"上次见面,那么巧也是三年前的今天。算一算,已经是我们认识的第二十八年。有失约,又像是从未失约。"

2014年夏天,我把自己关在房间,一鼓作气写这本书稿,定稿后,我其实再没有打开过。直到后来它上市,多年来,我无数次想过打开它,看一看。

像一个局外人那样,从头回顾我们的青春。

我试过了,却始终不行。

每一次,我仅仅只是随手翻阅,都会被当中无数熟悉的场景戳中泪腺。后来的我都在想，或许，终其一生，我都不该再将它们拾起。

过去的，就让它过去。

人的记忆是非常奇妙的。

这些天，为了再版，我终于还是重新逐字逐句地修订了这本书中每一个字。

我将当初词不达意的内容，试图修改得更为符合原意。

重看它们时，我果然和料想中一样，眼泪几乎没断过。可最让我意外的，却是当初的我，竟然能够清晰地记得那十九年中，我与你之间，那样多的细枝末节。

那些画面，像电影的高清镜头一样，重新出现在我眼前。

而现在的我，却大多已经记不清了。

当我把我们之间的点点滴滴，满是虔诚地写下。似乎，我对你的执念，也终于不再那么深刻。

这应该是属于我一个人的仪式感吧。

我在放下。

或许，并非是当初的我记性太好。

只不过，那五年里，我每一次梦见你，醒来，关于你的一切，又会更加清晰。我怀着对你的歉疚，反复将你想起，尝试将我们之间的种种，反复证明。

还记得那个梦吗，顾潮生？我曾经一直以为，它是预示着我有多害怕失去你，我想给你拨一通电话，想和你恢复联络。

但原来不是啊。

修订原文时，望着那段文字，我脑海中忽然轰隆。

分明，我在梦里用了整整五年，在还你打给我的那几十个未接来电。

那几十个未接来电，我在梦里，哭着打了五年。

2014年底，我签完新书的合同，第一时间买好去北京的机票。

我跑去北京看你。

我们约在三里屯，吃完东西，在附近的长街散步。金色的银杏叶几乎铺满整条街，你问我："这条街很美吧？"那时我脑海中一直在回播一句歌词：当天整个城市那样轻快，沿路一起走半里长街……忘掉天地，仿佛也想不起自己，仍未忘相约看漫天黄叶远飞。

灯火通明下，我对你说："顾潮生，我写了一本书给你。"

你笑了，看起来很开心。你说："写书也是我的梦想啊。"

我当时满脑子都是那句：一个人完成，我们的梦想。

今年你生日那天，半夜一点，我睡眼惺忪地给你发："生日快乐。"

"谢谢。"你回复我几个笑脸，"又是你妈妈提醒的吧。"

我故意回你一个"怎会如此"的表情，心虚地狡辩："这都被你发现了，她不提醒，我白天也会记得的！"

你感慨："每次你妈妈都那么准时，真意外。"

退出和你的对话框，我算了算——

不可思议，这已经是我认识你的第二十八年了。

谢谢你，来过我的世界。

林栀蓝

2022-4-24